LE VISAGE ÉMERVEILLÉ

Anna de Noailles

Edition : Culturea (culurea.fr), 34 Hérault
Contact : infos@culturea.fr
Impression : BOD, Norderstedt (Allemagne)
ISBN : 9791041973002
Date de publication : juillet 2023
Mise en page et maquettage : https://reedsy.com/
Cet ouvrage a été composé avec la police Bauer Bodoni

20 mai.

Ce qui plaît le plus au Seigneur, c'est la pureté.

J'ai communié ce matin comme je le voulais, sans désir ; je me suis appliquée ; j'avais fait beaucoup de vide dans ma tête, dans mon cœur, un vide blanc et doux, et je répétais : « Seigneur, je n'ai pas de bouche, pas de mains, pas de regard, pas de chaleur ; voyez, je suis devant vous comme une fumée légère qui monte, comme une flamme transparente et droite. »

C'est cela la pureté. Je vous remercie, Seigneur.

La sœur Catherine avait un tendre profil oblique, tout couché sur le linge, sur le drap et la dentelle de la sainte table. Elle mourait ; Seigneur, elle vous attendait tant, qu'elle serait morte, qu'elle aurait crié si vous n'étiez pas venu.

Les bouts de ses doigts, sa bouche, la toile délicieuse et votre corps divin faisaient un groupe admirable, petit et tout serré.

Mais ce n'est pas cela, la pureté, Seigneur ?...

22 mai.

Il fait si doux dehors que toute la nature est claire comme le parloir à onze heures.

Le jardin joue avec du soleil.

Le soleil par les vitraux de la chapelle inondait de rayons ma joue et ma manche. On voyait voler de petites mouches dans l'église ; et le silence tout autour de nous criait : Joie ! Joie !

J'ai été contente d'être jeune, d'être très jeune ; je ne sais pas pourquoi cela me cause tant de plaisir. Tout d'un coup il a fait si beau dans l'église que je crois que j'ai dû rire.

Au moment de l'élévation toutes les religieuses, comme chaque jour, ont baissé la tête. Mais moi, je n'ai pas baissé la tête. J'ai dit : « Seigneur, voyez mon visage... »

Je sentais que mon visage était ovale et clair comme un petit miroir entouré d'argent que j'avais à quinze ans, et sur lequel venait le soleil.

23 mai.

La sœur Catherine est belle quand elle prie. Je la respecte, je ne la regarde pas quand elle prie ainsi ; mais ce matin je n'ai pu m'empêcher de la voir. Elle avait les yeux profondément fermés ; ses mains jointes comprimaient son cœur, s'appuyaient sur son cœur, et puis sur son chapelet, sur sa ceinture.

J'ai eu envie de lui crier, avec beaucoup de tendresse, beaucoup de peur :

– Sœur Catherine, vous avez mal !...

Comme elle a mal quand elle prie si fort.

24 mai.

Le matin, le soir, j'entends de ma chambre, passer le train qui va de Laruns à Bayonne ; chaque fois que ce train siffle, mon âme s'élance. Ce bruit du train est beau comme un parfum traîné vite sur beaucoup d'espace, le parfum de la tubéreuse et de la jacinthe rouge.

Je tends les bras.

Qu'est-ce qu'il y a au bout des trains qui courent, qui fuient ? Des pays ? quels pays ? Quels visages dans ces pays...

Seigneur, nous ne prenons pas les trains qui passent ; leur fumée, leur vapeur, leurs cris ébranlent jusqu'à la vie de la vie, c'est pourquoi j'élève vers vous, au-dessus de ma tête, des bras qui se tendent, qui s'allongent. Seigneur, comme je suis haute, comme je suis étroite, comme je monte vers vous...

27 mai.

Je regarde par ma fenêtre. Le printemps, on ne peut pas dire ce que c'est : si léger, si fin, si vert ! C'est une allégresse et une odeur. Tout le petit jardin fleurit. La terre des plates-bandes est fraîche et bouleversée. Il y a un rang de tulipes, un rang de pâquerettes triples, touffues, gonflées, semblables à des camomilles, et un rang de pensées dont les têtes se tournent de côtés différents. Sur les pétales de velours violet une tache d'un beau jaune lisse est vive et luisante, comme si, tombé de l'arbre, un œuf de roitelet se fût cassé là.

Le train passe.

Les trains font penser à des villes roses, à d'autres jardins, à des orangers...

30 mai.

Il y a aujourd'hui deux années que je suis entrée au couvent. Le petit jardin, la mère abbesse, l'église, les beaux chants, en faisaient pour moi un endroit doux et royal.

Je suis venue ici parce que j'aimais Dieu, la mère abbesse, le silence.

La sécheresse de la vie, chez mes parents me rendait malade. Mon père, quoiqu'il fût riche, se préoccupait de sa fabrique de dentelle. Il essayait d'y intéresser ma mère, qui, comme aujourd'hui, préférait les soins qu'elle donne à sa maison. Une de mes sœurs est mariée à un avocat, une autre à un officier de marine. Personne ne parlait de la paix, de la méditation, des jardins, de l'amour ; seulement mes livres, et la mère abbesse quand je venais la voir.

Ici, je mène une vie douce et royale. J'ai une robe qui est blanche et bleue. Je suis délicate, on est bon pour moi, on me soigne. J'habite au premier étage du couvent, à l'écart des autres religieuses, une chambre plus large, qui est au midi. Je ne fais rien que rêver et prier. Mes doigts joints, pointus, sont inactifs et doux comme de petits cierges qui brûlent.

J'aime le jardin et la maison. Hier, je caressais de beaux glaïeuls, frais et pressés dans leur haute cosse luisante. Il faisait beau. L'air avait l'odeur des petits pois verts.

La sœur Catherine m'a dit :

– Ma sœur, comme vous aimez les choses de notre jardin ! vous prenez trop de plaisir à des fleurs ; moi je ne vois rien que mon cœur qui est torride, qui est comme un charbon parfumé...

Elle a ajouté en soupirant :

- Souffrez-vous beaucoup de scrupules, ma sœur ?

Ah ! comme j'ai vu qu'elle en souffrait !

J'ai répondu :

- Non, je ne suis pas très scrupuleuse ; voyez-vous, sœur Catherine, j'ai en moi, - je ne sais comment dire - une sorte de douceur. J'accepte ce que je suis. Ma mère, quand j'étais petite, acceptait comme cela le caractère de mon père, qui était avec elle tantôt très tendre, et tantôt violent. Nous avons de la douceur. Je me tolère, comme je tolérerais vos défauts si vous en aviez, sœur Catherine. J'ai de l'humeur, des caprices, de l'exaltation ; j'aime rire, pleurer, faire claquer les boutons des fuchsias et, quand il fait très chaud, boire à petites gorgées l'eau de la fontaine à l'ombre, qui est comme de l'argent glacé. Je me supporte, ma sœur, et par moments, je regarde vers le ciel bleu, et j'imagine que le Seigneur me dit :

» - Petite fille, je vous aime comme vous êtes...

2 juin.

Il y avait un jeune homme à la chapelle ce matin.

Il n'était pas venu pour la messe ; il riait doucement tout le temps ; il était venu voir un tableau qui est dans notre chapelle et qui a beaucoup de valeur pour des peintres...

La sœur Marthe, vraiment, a une âme de servante. Tout à l'heure, comme je me fâchais d'une observation qu'elle me faisait sur ma broderie, elle m'a dit :

- Vous n'avez pas d'humilité, ma sœur.

Elle parle toujours de l'humilité, elle est humble, elle a un corps inquiet, un regard qui se retire, des mains qui s'excusent d'être des mains.

J'ai de l'orgueil.

Quand il fait beau et parce que je suis jeune, j'ai de l'orgueil.

Si je me rends aux repas avec toutes les religieuses, ou à l'église, ou au promenoir, je me dis : « Moi, c'est moi, et les autres sœurs sont les autres sœurs. »

Lorsque la sœur Marthe, qui souffle fort quand elle se recueille, se recueille à mon côté dans le banc, je pense : « Ma sœur, ne soufflez pas si fort ; je vous vois et vous me faites vous mépriser. »

J'aime la mère abbesse parce qu'elle est orgueilleuse. Elle retire son manteau doucement lorsque l'une de nous marche trop près d'elle.

J'ai de l'orgueil.

Mais pour vous, Seigneur, je suis comme la plante du fraisier qui est par terre ; je suis le lierre rampant des dalles de votre église, je suis le soupir de votre soupir, la soif de votre côté ouvert, et sur vos pieds les cheveux de la sainte Madeleine...

4 juin.

J'écris dans le jardin, assise sur le banc à l'ombre, en tenant mon cahier sur mes genoux.

Tout l'air est tapissé de petites odeurs. Le velours du gazon et des feuilles duvetées de la giroflée s'évapore dans l'azur. Il y a deux petits sapins dans des pots, qui répandent une odeur vive et grésillante quand le soleil de midi fait bouillir leur résine.

Ah ! que l'air est brûlant !

Je crois que je m'assoupis, étouffée par les flocons bleus de la chaleur...

5 juin.

Le jeune homme qui assistait à notre messe l'autre matin est revenu ce matin.

Il m'a regardée et je l'ai regardé. Il a le visage doux, aimable, comme le visage d'un frère qu'on reconnaît. Il ne m'a pas étonnée.

Et puis j'ai pensé à Dieu, à Sainte Valérie dont nous célébrons la fête aujourd'hui. Le jeune homme m'a encore regardée pendant le dernier Évangile ; j'ai bien vu qu'il avait des yeux clairs et tristes, et une barbe blonde, des cheveux blonds. Il me regardait comme s'il me parlait, mais j'ai détourné toute la tête.

– Vous êtes plus beau que lui, Seigneur !...

6 juin.

La mère abbesse a causé avec moi aujourd'hui.

Elle ne parle pas beaucoup de Dieu ni des choses de l'Église ou du couvent ; elle parle de l'énergie, de la volonté.

Elle regarde par-dessus les moments et les êtres, on ne sait pas où elle regarde ; sans doute dans les beaux pays où vont tous les trains du monde, le train qui passe sur la route de Bayonne...

Je la respecte et je l'adore.

7 juin.

Je pense à la mère abbesse.

Elle est belle, elle est jeune encore, elle est ce qu'on peut le plus respecter au monde.

Elle s'estime beaucoup mais elle ne s'aime pas.

C'est cela le plus beau caractère...

Quel parfum entre ici par ma fenêtre ouverte ? Ah ! c'est l'odeur du magnolia qui fleurit dans le jardin.

Le crépuscule, violet et doux, descend comme une pluie d'anémones renversées.

Il est six heures et demie, il y a dans l'air quelque chose d'immobile ; il semble que ce soit une heure qui s'arrête de marcher. La lune commence à luire et elle a autour d'elle deux étoiles.

Une allée du jardin paraît rose ; un peu de vent passe, agite un petit arbre brun qui est sous ma fenêtre et qui se met à remuer toutes ses légères feuilles couleur de tabac.

8 juin.

Tout amuse la sœur Marthe qui a de l'humilité.

Aujourd'hui elle fait des compotes. Je sens que la mère abbesse la méprise. Elle lui dit avec un rire très bon :

- C'est bien, sœur Marthe, faites-nous des compotes.

Mais elle dit cela comme elle dirait : « Mon âne, portez tout ce bois au marché, vous qui ne rêvez pas... »

11 juin.

Le jeune homme est revenu à la chapelle ce matin.

Je l'ai regardé, il m'a regardée. Il a laissé tomber un petit papier plié, et son regard disait comme une voix forte : « C'est pour vous, ma sœur, ce papier. »

J'ai pensé : « Je ne prendrai pas le billet de ce jeune homme », et puis j'ai pensé : « Il faut que je prenne ce billet afin que les autres sœurs ne le trouvent pas, il ne faut pas faire de tort à ce jeune homme. »

Après la messe j'ai ramassé le billet, il contenait ces mots :

« Je voudrais faire un sacrifice pour vous. »

Je pense beaucoup à tout cela ce soir.

J'entends, en ce moment, de ma chambre, par ma fenêtre ouverte, le bruit léger du vent qui s'embarque, semble-t-il, dans chaque feuille, et, venant de la cuisine, le tintement des assiettes que l'on range.

La nuit, avec ses étoiles qui sont au milieu de la chaleur comme de petits puits d'eau froide, scintille...

Tout scintille. La porcelaine des assiettes heurtées dans la cuisine fait aussi un bruit doux qui scintille.

Je veux dormir.

12 juin.

Je n'ai pensé à rien, j'étais heureuse.

13 juin.

Être heureuse, c'est avoir le cœur, l'esprit, les mains vides.

14 juin.

Je n'ai pas revu le jeune homme, il n'est pas revenu à la chapelle...

Aujourd'hui, tout est trop beau dans l'air, et léger, jeune, joyeux, tintant, enivré, comme serait une cloche d'argent couronnée de roses et reluisante de rosée.

Quelquefois la douce odeur de l'été matinal et du jardin me rend triste, parce qu'elle m'enchante, et qu'elle est partout flottante et que je ne peux pas la respirer jusqu'au fond de ma vie.

Quand je me promène sur les graviers il me semble qu'on m'environne, qu'on chuchote autour de ma tête, je me retourne, et c'est l'été qui est de tous les côtés...

La sœur Marthe a laissé sur le banc un bol de porcelaine.

Dans le jardin, ce bol blanc, oublié, est simple, tranquille, comme un cœur innocent.

15 juin.

La sœur Catherine a un cahier où elle écrit des prières, qu'elle invente, je crois. Ce matin, j'ai ouvert ce cahier, j'ai lu sur une page :

« Jésus divin que j'adore, et qui me faites pitié parce que vous êtes maigre, saignant et blond... »

16 juin.

Le jeune homme n'est pas revenu...

Il y a des jours où la mère abbesse n'a pas de douceur. Elle dirige le couvent comme mon père dirigeait la fabrique de dentelle, avec beaucoup de dureté.

Elle ne s'intéresse pas à ce que nous disons, à ce que nous voulons, ni à notre vie ; elle s'intéresse à la machine même, qui est l'ordre, la règle, l'économie de ce couvent.

Elle est d'une bonté auguste, mais il y a des jours où elle marcherait sur nos larmes. À la chapelle elle ne se tient pas comme les autres religieuses. Elle se tient debout, droite ; elle est une supérieure qui parle à son supérieur, et qui n'est point intimidée. Tous les deux font leur affaire comme ils doivent.

Dix heures du soir.

Ce soir j'ai vu pleurer la mère abbesse ; elle ne pleurait pas tout à fait, mais ses yeux étaient mouillés magnifiquement, le reste de sa douleur elle le retenait.

J'étais entrée chez elle pour lui parler de moi, je voulais lui dire : « Je suis contrariée, ma mère, voyez ce que j'ai en moi, je suis heureuse... »

Mais je l'ai vue, et j'ai dit d'une voix très basse :

– Ma mère !

Et je me tenais les cheveux et je ne savais plus par où partir.

Elle m'a dit :

– Restez.

Elle a refermé sans hâte, nettement, une cassette qu'elle portait sur ses genoux, et puis elle m'a regardée avec bonté. C'était comme si ses larmes fondaient dans ma bouche. Et mes yeux étaient sur elle comme des mains appuyées, et mon silence disait seulement comme pour consoler, pour endormir : « Oui, ma mère, oui, ma mère... »

17 juin.

Le jeune homme était à la chapelle ce matin. J'ai souri en le revoyant parce que nous étions contents de nous revoir. La chapelle est comme un bateau blanc, refermé. Les vitraux sont bleus, jaunes, et violets. Je sais que, quand ce jeune homme est là, il oublie la ville qui est dehors, et les gens de la ville ; il voit l'univers comme je le vois, bleu, jaune et violet.

Il n'a pas laissé tomber comme l'autre fois un billet.

J'aime mieux cela...

J'ai deux roses sur ma table dans un verre de cristal ; les roses du rosier rouge semblent enduites de la plus délicieuse pommade. Elles me font soupirer.

Une rose dont chaque pétale est pénétré d'une douce confiture d'odeur, le silence d'une cellule blanche, et, dans le lointain, l'été lourd et gonflé qui respire comme une colombe, tout cela fait un infini qui alanguit, qui étourdit...

Pourquoi, quand nous ne pouvons rien saisir de ce qui nous enivre dans l'espace, portons-nous notre main à notre cœur ?

C'est peut-être que tout notre désir est en nous-même.

La sœur Marthe et la sœur Colette ont ri ce matin lorsqu'elles m'ont trouvée arrêtée devant ce rosier et absorbée comme si j'entendais des voix.

– Vous avez l'air inspirée, ma sœur, a dit la sœur Marthe avec une voix allègre et légère.

Et la jeune sœur Colette riait bêtement.

Elle est d'une laideur champêtre.

Elle a le visage un peu de travers, mince, sombre, sournois, et fait penser à ces oiseaux de l'arrière-saison qui sentent l'épine-vinette et le genièvre.

La sœur Catherine maigrit affreusement. Elle est très belle. Quand elle communie elle s'éteint, et, quand notre aumônier communie, elle se tient le cœur comme s'il allait se briser. Il semble qu'elle aide le prêtre, l'assiste, le secoure, lui dise : « Mon père, mon père, vous et moi aurons-nous la force, à nous deux du moins, de porter un tel bonheur ?... »

J'ai dit à la mère abbesse que le jeune homme occupait mon esprit, que malgré moi je revoyais sans cesse son visage ; je m'en suis confessée aussi.

La mère abbesse et l'aumônier ont ri, m'ont dit de n'y plus penser.

18 juin.

Le jeune homme revient, il me laisse des billets ; je lui ai répondu en secret par le jardinier...

Comme ma vie se trouble. J'ai peur de communier.

Jésus a dit : « Mangez, buvez, voici ma chair et mon sang. »

Votre chair et votre sang, Seigneur !

Pourquoi y a-t-il des hommes qui vous ressemblent... j'ai peur.

19 juin.

Sans rien révéler de mes secrets, j'ai dit à la mère abbesse que j'avais de l'inquiétude, des scrupules.

Elle comprend, elle me dit de ne pas m'effrayer et d'attendre.

Je ne fais rien de mal. Je sais qui est ce jeune homme, c'est un peintre ; il est venu dans cette ville se reposer ; il s'appelle Julien Viollette. Je le vois à la chapelle. Je pense à lui, il m'écrit ; je ne pense rien de mal ; je puis communier. Je ne dis pas à l'aumônier que je reçois ces lettres. Mais en m'approchant de la sainte table, je pense : « Seigneur, je vous ouvre à vous ma conscience, voyez, et venez dans ma bouche qui n'a pas de force... »

20 juin.

Je me suis promenée le long des bordures de buis avec la sœur Catherine, je lui ai demandé ce qu'elle sentait en pensant à Dieu, quand on ne dort pas la nuit. Elle m'a dit :

– Une grande douleur, à cause de son crucifiement.

Et j'ai demandé encore :

– Est-ce que vous entendez qu'il vous parle, qu'il met la main sur votre front, qu'il vous préfère ?

Elle m'a répondu :

– J'entends qu'il souffre à cause des péchés des hommes...

Et elle a soupiré profondément.

La sœur Catherine n'aime pas Dieu autant que je le pensais.

21 juin.

Le jardin est beau, les petits graviers sont aussi gais que l'eau du bassin ou de la fontaine. Il y a un massif de géraniums si lisse, qu'on semble l'avoir caressé avec la main. Le silence parle aux fleurs, et les fleurs silencieuses répondent.

La sœur Marthe marche dans le jardin, elle dit qu'il n'y aura pas beaucoup de prunes cette année.

– Mais il y a, ma sœur, le doux coucher du soleil ce soir, sur les prairies de Gélos. Voyez-vous cette ligne jaune ? Elle est un petit couteau d'or contre mon cœur...

30 juin.

Personne, ni la mère abbesse, ni M. l'aumônier, ne se doute de mes agissements, je suis la seule qui sais ce que je fais. J'ai écrit à Julien Viollette que je me pencherais à ma fenêtre comme il veut que je le fasse, ce soir à minuit. J'ai encore le temps de ne pas le faire... Je n'ai pas l'envie de ne pas le faire... Mon Dieu, j'ai en moi quelque chose qui accepte ce que veulent les hommes, les hommes, qui ne sont pas des prêtres. Quand le médecin qui vient ici me dit de faire telle chose, je la fais. Mon Dieu, obtenez que je laisse tout à l'heure la fenêtre fermée...

Ah ! est-ce qu'il est plus de minuit ? est-ce que je n'ai pas encore ouvert ma fenêtre...

Deux heures du matin.

J'ai ouvert ma fenêtre pour voir s'il était venu. Il était là, je me suis sentie offensée par sa présence. J'ai dit vite, avec colère :

- Monsieur, je ne sais pas ce que vous voulez.

Mais il a parlé, et quand je lui ai répondu pour le supplier de partir, la douce nuit est entrée dans ma gorge, j'ai pleuré, j'ai dit :

- Allez-vous-en, allez-vous-en, c'est mal que vous soyez là...

Il m'a dit :

- Ce n'est pas mal, je vous jure que ce n'est pas mal.

Je le crois.

J'ai dit :

- Vous ne me direz rien, j'ai si peur.

Il a dit :

- N'ayez pas peur.

J'ai une très grande confiance en lui. Il était beau sur les cailloux du jardin, dans la nuit toute claire. Lui, le petit mur, le camélia qui monte contre ma fenêtre étaient argentés par la lune.

Je suis restée longtemps ; je me suis penchée à un moment pour mieux l'entendre ; il m'a dit avec terreur :

– Ne soyez pas imprudente, ma sœur !

Ah ! toute ma vie descendait, comme des cheveux défaits, comme un ruisseau en pente droite...

J'étais loin de lui, mais quand il parlait, mon visage était en face de son visage.

Je suis heureuse, je me sens bien, je suis tranquille.

Ce que j'ai fait n'est pas mal.

2 juillet.

Hier, je ne pensais pas à lui, j'étais trop emplie de lui, je n'avais pas une place en moi pour penser. J'avais envie de rire, de faire des compotes avec la sœur Marthe, d'aider, si on voulait, à la lingerie. J'étais comme quand j'étais une petite fille.

J'ai embrassé la mère abbesse et elle m'a embrassée.

Aujourd'hui, je suis fatiguée, troublée. Je me souviens, je repense ; il était là, près de ce mur, sur les cailloux du jardin...

Il reviendra dans trois jours.

Je ne veux plus penser à cela...

Je n'aime pas M. l'aumônier. Il est dans sa soutane une fois pour toutes, cela ne lui inspire plus ni dignité, ni gratitude, ni réserve. Il se mouche avec force. Le bas de sa soutane, quand il marche, frappe contre ses bottes. Le bas même d'une soutane devrait être quelque chose de doux, de pieux.

Je ne me confesse pas à lui d'avoir parlé à mon ami ; je me confesse seulement d'avoir eu de la curiosité, de l'emportement ; c'est la même chose ; et je dis en mon âme, à Dieu : « Vous voyez... »

Ah ! comme je serais inquiète et troublée si j'avais, pour réfléchir, les longues soirées de l'hiver ! Mais l'été est une route d'or qui marche et nous entraîne ; c'est une voix hors d'elle qui crie : « Venez ! venez !... »

Voici le soleil sur mes mains. Ô soleil ! qui entrez dans les yeux des oiseaux, dans le cœur confit de la pervenche, dans les mille petites fenêtres du bonheur...

3 juillet.

Je sais que je suis jolie, que je suis jeune, je le sens. Je sens ma vie et ma jeunesse à chaque minute ; je sais que j'ai, sous ma robe droite, mon corps qui est doux, mes jambes qui ont des mouvements. Je n'y avais jamais pensé. Je croyais que des religieuses ne sont toujours que des religieuses ; mais maintenant je sais que, quand elles n'ont plus leur robe, ni leur linge, elles sont nues.

M. l'aumônier ne le sait pas ; s'il le savait il ne nous traiterait pas durement, il ne nous imposerait pas de longues pénitences, il ne se moucherait pas si fort en passant près de nous, il nous regarderait quelquefois en souriant, et il serait bon.

La sœur Marthe est la plus heureuse ici, elle s'assoit le soir au jardin, et elle souffle. Elle est comme un train qui s'arrête. Elle jette au dehors d'elle ce qui lui reste de vapeur, de force, et puis elle est contente.

Le soupir du lis, du lis qui est semblable à une petite cloche fendue sur quatre côtés et renversée, n'entre pas en elle, ni le chant du rossignol ; si la rêverie du soir venait, elle la chasserait comme une mouche qui tournerait autour de son nez...

4 juillet.

Il est revenu cette nuit.

Toute la douce nuit, toute la lune délicieuse, et mon cœur, nous coulions vers lui...

Je ne sais plus rien, je ne sais plus ce que nous avons dit. J'étais penchée à la fenêtre. Je crois que j'ai demandé à un moment :

- Cela ne vous éloigne pas que je sois une religieuse ?

Je ne sais pas pourquoi j'ai demandé cela. Il m'aime, il veut me voir et m'entendre souvent. Il est mon ami, il m'aime comme sa sœur, comme sa véritable sœur.

5 juillet.

Seigneur, avec quelle confusion je lève les yeux vers vous, voyez comme je suis malade. Quand je vous reçois dans mon cœur je n'ai plus l'allégresse d'autrefois, ni le respect grave, sacré ; je n'ai rien que de l'indifférence ; et quand M. l'aumônier communie, je le regarde avec curiosité et netteté, je pense : « Comme il est gauche ! »

Cette froideur de mon cœur pour vous c'est le démon ; je suis malade, j'ai peur.

Mon ami qui vient le soir dans le jardin a pris toute ma flamme ; il est bon, et je le crois, parce qu'il parle.

Parlez aussi, Seigneur.

Ah ! je sais que c'est mal tout ce que je fais, ces lettres, ces rencontres, mais je ne peux pas ne pas avoir ce bonheur. Je pense que le temps est court, que le temps passera, je serai un jour comme la sœur Jean, qui est vieille et dont je ne parle jamais parce qu'elle est vieille.

Même une religieuse, quand elle est vieille, cela ne compte plus, cela n'a même plus de péché, on la dispense de conscience ; si elle s'accusait, on rirait, on lui dirait : « Ma sœur, regardez-vous, vous êtes pure, vous êtes pure comme un enfant ! »

Je ne veux pas être pure, Seigneur ; je ne suis pas pure, je sens tout le temps l'âme de mon corps et toutes les parois brûlantes de mon âme.

C'est cela le désir.

La nuit, même en dormant, j'ai un cœur amolli qui s'abandonne, j'ai les mains ouvertes.

Je suis étendue comme vous, Seigneur, sur votre croix.

Je suis une vallée étroite où un immense soupir est entré...

8 juillet.

Je ne sais pas comment cela s'est fait, il m'a jeté une corde, je l'ai prise et attachée à la grille basse qui est devant ma fenêtre.

Il est monté, il est entré dans ma chambre, j'ai reculé jusqu'à la muraille. Je voulais m'enfoncer dans le mur ; j'ai dit que j'allais appeler, me tuer, que je le haïssais, que je devenais folle ; il a dit tristement :

– Je ne vous comprends pas, vous avez peur de moi.

Il m'a regardée avec reproche.

Je lui ai dit :

– Je vous demande pardon.

Je ne sais pas pourquoi j'avais peur. Nous sommes restés assis l'un près de l'autre. Il est très bon, il ne m'a pas embrassé la main en partant, j'avais peur qu'il embrassât ma main.

Je sais tout sur sa famille, sur lui, il m'aime, il voudrait se sacrifier pour moi.

10 juillet.

Il est revenu cette nuit, il a été comme l'autre fois, mais il m'a demandé de tenir ma main avant de s'en aller. Je n'ai pas dit « oui », c'était mieux ; mais j'ai donné ma main. Nous n'avons pas parlé, nos mains avaient chaud et collaient tout à fait l'une à l'autre,

Est-ce que c'est mal ?

J'ai eu peur après, j'ai mis mes mains dans l'eau.

... Il était là, je tenais sa main, j'étais contente, et maintenant ma conscience s'inquiète.

La conscience, c'est une tristesse qu'on éprouve après un acte qu'on vient de faire et qu'on referait encore...

11 juillet.

Je ne suis pas contente.

Hier, il est revenu, il m'a saisie et serrée contre lui tout d'un coup ; je n'ai pas été contente, cela m'a causé un grand déplaisir. Après, j'ai eu des étouffements ; je n'ai pas dormi tout le reste de la nuit.

Je me tourmente.

Il faut que je parle à quelqu'un. J'ai peur de mourir à cause de ces étouffements. J'irai voir la supérieure.

12 juillet.

J'ai parlé à la mère abbesse, j'ai dit :

– J'ai peur, ma mère, j'ai eu des étouffements cette nuit, est-ce que je vais mourir ?

Elle m'a demandé :

– Comment avez-vous eu cela, mon enfant ?

J'ai répondu :

– Voilà, je rangeais cette nuit mes livres ; un livre, le plus lourd, est tombé sur ma gorge, je me suis sentie oppressée ; j'ai peur de mourir.

Elle m'a répondu en riant :

– On ne meurt de rien à votre âge, petite fille...

15 juillet.

Il revient, il ne m'embrasse plus, je suis tranquille.

Il m'a dit, à un moment de notre entretien :

– Comme c'est gentil, vous, vous croyez en Dieu !

Lui ne croit pas en Dieu.

Je ne comprends pas.

17 juillet, quatre heures du matin.

Il ne croit pas en Dieu. Je ne puis toujours pas comprendre ; je lui ai dit :

– Mais puisqu'il y a tout l'Univers que Dieu a créé, et le sacrifice de Notre-Seigneur, et les Évangiles, et tous les miracles, et les saints, et notre chapelle, et notre règle, et les prêtres, et la mère abbesse, et nous ?

Il a encore ri, mais gentiment. Je ne comprends pas ; pourtant cela ne m'a pas fâchée, je sens bien que les hommes peuvent être comme cela. Le docteur qui vient nous soigner quand l'une de nous est malade n'a pas non plus peur de Dieu ; et il est plus intelligent et meilleur que M. l'aumônier. Julien ne croit pas en Dieu mais il croit à d'autres choses incompréhensibles : il dit qu'il est panthéiste, qu'il y a des petits dieux partout.

La nuit était brûlante, nous avons eu très chaud, et puis une douce brise est venue par la fenêtre, et, comme nous avions soif aussi, nous avons bu un peu de l'eau qui est toute froide dans ma cruche de grès.

Julien buvait avec un grand plaisir, un grand plaisir, et il a dit :

- Voyez-vous, ma petite sœur, la fraîcheur aussi est une petite divinité...

20 juillet.

Je me tourmente ; mon ami m'a encore embrassée. C'est plus mal que la dernière fois, il m'a embrassée sur le visage, tout à fait sur le visage, sa bouche sur ma bouche.

Mais ma mère, chez nous, quand j'étais petite, embrassait ainsi mon frère Pierre, l'aîné, qui était celui de nous qu'elle préférait. Il est mort. Il était infirme, il avait une jambe atrophiée et il boitait un peu en marchant.

Ce baiser de Julien, c'est de la grande affection, une très grande amitié, ce n'est pas mal.

Je crois que la sœur Marthe est folle. L'humilité lui tourne l'esprit. Ce matin je l'ai rencontrée, qui traversait le jardin avec, au bras, un panier plein de grains de maïs ; elle m'a dit :

- Ma sœur, vous pourriez vraiment aussi vous occuper quelquefois de nos poules.

Elle est folle ; pourquoi me parle-t-elle ainsi ? Elle est une pauvre religieuse que personne n'aime. Qu'est-ce qu'elle sait, elle ? Est-ce qu'un jeune homme vient la nuit pour la voir ? est-ce qu'on voudrait se sacrifier pour elle, est-ce qu'elle est jolie, elle ? est-ce qu'on l'embrasse ?...

Je me souviens que cette nuit Julien m'a appelée « Mon amour. »

Cela m'a fait peur.

Mais je rechercherai le livre où la sœur Catherine écrit les prières qu'elle invente. Je crois me souvenir qu'à la fin d'une de ces prières à Notre-Seigneur, il y avait : « Amour, amour, vous êtes mon amour ».

Ce mot de Julien pour moi, c'est beaucoup de respect, beaucoup de pureté, d'obéissance.

Il a promis de ne plus m'embrasser. Et puis je lui ai demandé de ne pas venir avant la nuit de jeudi. Je suis fatiguée, je ne peux pas causer toujours, même quand je suis si heureuse. Je veux dormir.

25 juillet.

Mon ami est drôle.

Il dit les paroles les plus simples avec d'étranges regards.

Cette nuit il m'a dit :

– Ah ! ma chère petite sœur, comme votre chère main est moite !

Et il haletait beaucoup.

26 juillet.

Notre jardin est beau, au moment de l'aurore, il a froid et chaud en même temps. M. l'aumônier parle toujours de ce qui est vertueux et de ce qui n'est pas vertueux.

Je sens bien les différences.

Un train qui passe très vite, qui siffle, qui se dépêche, qui disparaît, ce n'est pas vertueux ; c'est brûlant, cela fait tourner la tête, regarder avec chagrin par-dessus les coteaux violets, cela rappelle une poésie que récite Julien :

Mon enfant, ma sœur,

Songe à la douceur

D'aller là-bas vivre ensemble...

Mais notre jardin, à l'aurore, c'est vertueux, le petit cœur de chaque fleur est frais, tout est content d'être là, à sa place, immobile, de fleurir, de servir.

Les œillets d'Inde pensent : « Ah ! quelle surprise ! le soleil est chaque matin plus beau qu'on ne pensait ; d'un jour à l'autre on oublie comme il est beau, oh qu'il est beau !... »

Et les gros choux verts pleins de rosée me disent : « Ma sœur, nous serons doux et tendres pour votre beau déjeuner, à onze heures, dans la salle blanche où entre toute la lumière de l'air, et où vous riez avec toutes nos sœurs... »

27 juillet.

Je réfléchis à un sermon de M. l'aumônier. Il dit que les fautes et les péchés sont horribles. Moi je trouve qu'il est difficile de se représenter avec colère les péchés, les fautes ; tout cela a un visage humain qui ne nous effraye pas, qui fait affreusement pitié. Quand j'étais petite, un soir, je revenais en voiture avec mon père, et nous avons rencontré un homme qui passait entre deux gendarmes. Mon père m'a dit : « Vois, c'est sans doute un voleur. » Ah ! le mot voleur, comme il m'avait fait peur, comme il est redoutable ! – et j'ai regardé. C'était, entre deux gendarmes, un homme pauvre qui avait l'air fatigué.

28 juillet.

J'aime mon couvent. Il est frais, il est beau, il est comme en porcelaine, et la chapelle seule est toute lourde, à cause de l'autel, des vases, des chandeliers, à cause du tapis, de l'encens, des chants, des prières. J'aime notre chapelle, je l'adore, mais elle pèse quelquefois sur mon cœur, tandis que dans notre couvent le soleil entre par de claires vitres blanches, et de tant de côtés, qu'on penserait qu'il y a dans l'air quinze petits soleils qui viennent, les uns et les autres, se mettre à chaque fenêtre...

29 juillet.

Mon ami m'a embrassée comme il m'avait embrassée une fois déjà, de la manière qui m'a fait peur. Mais ce n'est pas plus mal cette fois-ci que ce n'était mal l'autre fois, c'est la même chose. Je ne me tourmenterai pas.

Je remarque que la mère abbesse ne prie jamais plus qu'il ne faut. En dehors de ce que la règle nous ordonne on ne la trouve point agenouillée à la chapelle ou dans son oratoire.

Elle n'a pas d'exaltation pour Dieu comme la sœur Catherine, comme j'ai eu quelquefois. Elle prie de la même manière qu'elle tient notre couvent, avec plénitude et mesure. Je me figure, depuis quelque temps, qu'elle a dû avoir dans son cœur quelque chose de plus fort que tout cela, quelque chose qui est mort.

Je crois que je la connais beaucoup.

Je sais ce qu'elle dirait si je lui exposais mon âme en ce moment. Je la vois ; si je disais : « Ma mère, la nuit quand vous dormez toutes, un jeune homme qui est très bon, qui est mon ami, vient parler avec moi, reste dans ma chambre quelques heures, il m'aime. » Elle, de son regard que j'ai quelquefois vu, un regard qui est dur comme deux poings tendus, me repousserait, me retiendrait loin d'elle. Ce regard exprimerait ceci : « Ma sœur, voyez mon mépris, vous êtes une mauvaise religieuse, comme on est un mauvais soldat, un mauvais berger, un mauvais intendant, un mauvais serviteur. Notre honneur est de tenir notre engagement. Si nous nous étions engagées à ne point haïr Judas lorsqu'il eut vendu Notre-Seigneur, il faudrait que nous nous tenions à cela... Pour moi, vous n'avez plus votre honneur. »

Mais je sens que la mère abbesse, ensuite, penserait en son cœur.

« Ma fille, ma petite fille, la vie est désespérante ; moi aussi je suis désespérée sous mon grand courage ; allez en paix, je vous aime encore, vous qui avez une âme qu'il faut qu'on caresse, vous qui êtes ce que vous êtes, naturellement, comme la sœur Catherine est sèche et brûlante, comme la sœur Marthe est humble, comme moi je suis forte, économe. »

30 juillet.

J'ai pleuré toute la nuit, c'est justement cela qui me torture, la certitude que la mère abbesse me pardonnerait.

Ma mère, je vous remercie de cacher presque toujours votre cœur, de ne pas me laisser savoir comme vous êtes profonde et bonne.

Je vous ai vue ce matin à l'église ; vous aviez l'air dur, distrait, vous sembliez indifférente à nous toutes. On n'ose pas vous approcher, on vous respecte, on vous adore, on ne sait pas toujours que vous êtes bonne. On vous craint, on vous en veut quelquefois. C'est pourquoi on peut faire ce que je fais...

31 juillet.

Ah ! mon Dieu ! comme j'ai encore pleuré cette nuit ! comme je souffre encore. Mon ami ne m'aime pas autant qu'il le dit, s'il m'aimait vraiment il n'aurait pas fait ce qu'il a fait.

Ce n'est pas ma faute, mais je suis très malheureuse ; comment dire ce qu'il a fait ?

Quelle colère j'ai eue, avec quelle force je l'ai repoussé ; je ne l'aime plus.

Voilà ce qu'il a fait :

Il m'a prise dans ses bras, il a mis la main sur mon épaule, il a dit d'une voix de fou, mais toute basse :

– Ma sœur bien-aimée, laissez que je vous caresse...

Je le déteste, je ne le reverrai pas. Comme je suis malheureuse !

4 août.

Je l'ai laissé venir hier pour lui dire ce que je pensais de lui ; mais il est plus malheureux que moi, plus désolé, nous sommes tous les deux très malheureux.

J'ai pitié de lui. Je lui ai tenu longtemps les deux mains pour le consoler. Je me sentais très forte et lui était très faible. Je disais des choses très bien, très raisonnables, j'étais fière. Je me sentais généreuse, bonne. Je lui ai pardonné. Il comprenait qu'il avait eu tort, très gravement tort, il était confus, accablé, mais il répétait :

– Vous ne savez pas comme c'est difficile, quand on aime comme je vous aime, d'être raisonnable...

Je ne comprends pas, mais je suis contente de cet entretien. C'est très bon de se sentir comme je me suis sentie, calme, dominatrice, supérieure.

Je l'influençais.

5 août.

Il fait chaud. Sont-ce les mouches ou le silence qui bourdonnent ?

Je pense à autrefois.

Quand j'étais petite, à la maison, nous nous tenions, en été, après le déjeuner, dans une véranda. Ma mère s'éventait avec un grand éventail de papier colorié où l'on voyait des joueurs de mandoline, des barques, l'eau bleue et le rivage. Sur le bois d'ébène de cet éventail il y avait écrit, en lettres dorées : *Ricordo del lago di Como.*

Je me souviens ; il faisait très chaud, l'air lourd étouffait la véranda, la poussière dansait au-dessus des coussins de laine, nous nous taisions et cet éventail remuait...

Ricordo del lago di Como ! Ces mots ont empli de surprise mes oreilles.

J'imaginais un espace d'azur, un amollissement, une longue enfance, une eau calme et glissante, enfin tout un pays qui est comme un oreiller du soir où l'on pleure, où l'on chuchote mystérieusement.

J'essaye de me rappeler... C'était une tristesse – je ne sais comment dire – mélodieuse.

7 août.

Mon Dieu, vous qui nous voyez, pourquoi ne sommes-nous pas pareilles un jour et l'autre jour. En ce moment, je suis troublée, torturée, misérable.

L'étreinte que j'avais repoussée, Seigneur, que j'avais détestée, je la retrouve dans mon esprit, je l'attends, je la désire.

Près de mon ami scrupuleux, qui ne me touche plus, je me sens inquiète, irritée et pleine d'une grande langueur. Je ne vois plus quel sens ont ses visites sans cette étreinte que j'appelle. On ne revient point en arrière, Seigneur !

Ah ! les roses soupirantes de juillet et d'août qui s'ouvrent la nuit dans les jardins, qu'attendent-elles ?

Mon cœur est épanoui comme une de ces roses...

8 août.

Je sais bien, je devrais réfléchir, méditer la nuit dans mon lit, prendre une sage résolution, m'inquiéter ; je ne peux pas penser. La joie tient éveillé ; mais quand je me tourmente, je m'endors...

Le crépuscule est doux, j'ouvre ma fenêtre. Dans une allée du jardin, trois oies blanches vont l'une devant l'autre, comme sur un vase de porcelaine danoise.

Aucune brise dehors ; quel silence ! Faiblesse des soirs d'été, délicieuse consomption de l'air...

9 août.

J'ai dit que je ne pouvais pas communier en ce moment, que la pensée de la communion me rendait inquiète, troublée.

Autrefois, une religieuse qu'on ne voulait pas écouter a eu ainsi une véritable maladie nerveuse. On voit que je tombe malade, on me dispense ; c'est le médecin qui l'a demandé.

Le jour baisse ; un oiseau chante, il chante dans une touffe de bambous. Le soleil de six heures du soir ressemble à la lune qui serait chaude et rayonnante. Il est si beau que je le regarde en souriant, et il me semble que lui, maintenant, m'aperçoit et me dit :

– Vous aussi, vous êtes charmante et lumineuse...

Comme la beauté de l'air m'environne et m'accable ! Je ne puis rien saisir.

N'y a-t-il pas quelque part, dans l'univers, une petite géante, pour qui toutes ces choses sont faites, pour qui le soleil est une boule légère en or ; – qui, en respirant, met dans ses poumons tout l'azur, et en été, quand il fait chaud, appuie ses mains contre les beaux nuages pleins de pluie...

10 août.

La supérieure m'a interrogée ce matin :

– Mon enfant, ne seriez-vous point occupée du jeune homme ?...

Je l'ai interrompue avec vivacité :

- Oh ! ma mère, quelle idée ! mais vous voyez bien qu'il ne vient même plus à la chapelle...

Je n'ai pas dit cela pour dissimuler, mais parce que je me suis sentie offensée dans quelque chose qui est, - je ne sais pas, - la pureté, la pudeur.

Et j'ai toute la journée repoussé Julien en pensée, je sentais bien que ce qu'il m'apporte, c'est le déshonneur.

11 août.

Il y a des histoires dans notre couvent.

La sœur Catherine s'est aperçue ce matin, pendant ses prières, qu'elle avait dans chaque main une tache rouge et un peu de sang ; ce sont les stigmates, comme Notre-Seigneur. La sœur Catherine pleurait de reconnaissance, d'émotion ; elle répétait :

- Je vous l'ai tant demandé, mon Dieu !

La mère abbesse n'a point paru très touchée de cet événement ; mais la sœur Marthe regardait la sœur Catherine avec vénération, elle lui baisait le bas de sa robe, elle disait :

- Ma sœur, vous êtes comme une sainte.

Le dirai-je, mon Dieu ? les stigmates de la sœur Catherine m'ont été pénibles, désagréables, ne m'ont point sanctifié le cœur ; j'ai regardé ma sœur avec surprise, avec un peu d'éloignement : ces signes douloureux, ce sang dans ses mains m'ont attristée, m'ont humiliée pour elle, cela m'apparaissait comme une marque trop forte, comme une servitude d'amour. M. l'aumônier en est très fier ; il a dit au médecin qui vient souvent me voir :

- Eh bien, docteur, notre couvent a sa petite sainte !

J'ai entendu que le docteur répondait :

- Nous avons à l'asile d'Orthez une jeune fille un peu exaltée, qui a cela aussi, comme votre sainte. On la soigne, elle guérira.

12 août.

J'ai parlé de la sœur Catherine à Julien. Il n'a pas ri. Il ne rit plus depuis l'autre fois. Il est très bon pour moi, comme un frère. Je lui ai dit que la sœur Catherine écrivait de belles prières, cela l'a intéressé. Il fait de la peinture, mais il veut écrire des livres aussi.

Il m'a dit qu'il m'enverrait demain une prière qu'il a composée ; le jardinier, à qui il donne un peu d'argent, la mettra pour moi dans le jardin, comme les lettres.

Julien a beaucoup voyagé. Il a visité l'Italie, l'Espagne, l'Égypte, Constantinople. Quand il fait très chaud, nous nous mettons à la fenêtre, et il me dit :

– Regardez, c'est de ce côté-là qu'on peut respirer l'Espagne.

Il me décrit tous ces pays : c'est très beau.

Cela doit être comme un jardin qu'une de mes tantes a près de Bayonne, mais plus doux, plus mystérieux, avec des coins qu'on ne connaît jamais, avec un ciel plus bleu, et des musiques de tambourins et de flûtes, telles que j'en ai entendu un jour de fête, quand j'étais petite, ici, sur la grande place.

Julien m'a dit :

– Je voudrais vous emmener dans la ville d'Italie que je préfère, et où il y a des peintures si divines que nous pleurerons tous les jours, et tout autour de la ville, la nature est un tendre jardin plein d'orangers, d'oliviers...

Je me réjouissais de l'entendre parler, mais, ah ! Seigneur, quelle confusion ! quelle douleur ! n'avez-vous point connu un jardin plein d'olives !...

13 août.

Julien m'a laissé des aquarelles qu'il a rapportées d'Italie ; un vertige me fait chanceler quand je les regarde !

Villes bleues, jardins suspendus, terrasses qui avancez dans mon cœur ! Églises et couvents de là-bas, où des pigeons s'abattent et que hantent à l'aube, j'imagine, des anges mièvres et longs, qui ont un sourire effilé comme le silence d'été, et qui écoutent la douceur de l'air avec un doigt levé...

Voici la prière que Julien m'avait promise.

Elle est païenne, je ne la comprends pas tout entière.

Prière à l'amour

« Je ne sais rien voir dans le vaste univers qui ne vous soit de tout temps consacré, antique Éros, jeune Amour !

» Mais, par ce matin d'été, debout au cœur du jardin du monde, je veux prendre dans mes mains, pour vous les redonner, toutes les douceurs de la Nature.

» Je vous consacre d'abord le Temps, immortel, et les plus beaux âges de la vie, depuis l'enfance, qui, sous son chapeau penché, flottant, semblable à un léger toit de paille, essaye dans les jardins, sur les tendres framboises, le futur baiser.

» Je vous consacre aussi les beaux midi d'été, l'air bleu compact et doux, l'azur traversé par l'azur. » Je vous donne le monde, et les endroits du monde si beaux, que les imaginer rend oisif pour toujours.

» Je vous donne aussi, antique Amour, jeune Éros, toutes les villes de la terre et toutes les maisons de ces villes, depuis le temple formidable que Samson ébranla par amour de vous, Amour.

» Je vous donne le feu et toute l'eau, celle où mourut Léandre, celle où glissèrent les larmes d'Ariane, de Calypso, et le sang de Tristan qui mourut au bord de la mer.

» Je vous donne aussi tous les ruisseaux d'argent vif, par lesquels la terre en été semble rire et se mouvoir.

» Je vous consacre les yeux de tous les visages, tous les regards, – les regards obliques, bombés, couchés, fuyants, – ceux qui descendent derrière les paupières comme le soleil du soir dans les vagues chantantes ; yeux vaincus comme un héros dont les épaules d'argent touchent terre, et yeux triomphants comme deux torches portées au bout de deux bras puissants.

» Je vous donne aussi toutes les violences, les crimes et les colères : les dagues teintes de sang, le flacon de jusquiame, le gant et la rose empoisonnés, le mouchoir qui perdit Desdémone, l'épée qu'Hippolyte laissa dans la main de Phèdre, et, en témoignage du temps de la chevalerie, ce cœur chaud de l'amant qu'on fit manger à l'amante.

» Et je vous offre, Amour, comme rose dernière et plus belle, et pour que soient éternellement charmées vos sensibles oreilles, le son le plus brûlant, le plus voluptueux, qui n'est pas la voix de Juliette à son balcon, ni la tendre plainte d'Iphigénie, mais le divin éclat d'or que fit, en se brisant, la chaîne étroite des pieds de Salambô... »

15 août.

L'Assomption. L'encens, les lumières, les chants... Pendant la cérémonie, mon âme enivrée s'arrache de moi.

J'ai la main sur mon cœur, je pense m'évanouir et je dis à Dieu :

– L'air et la vie, mon amour, peuvent-ils encore passer entre des dents si serrées ?...

16 août.

La sœur Saint-Louis qui vit très retirée, toujours silencieuse, ne parle que pour dire qu'elle a beaucoup été dans le monde autrefois, qu'elle a beaucoup dansé.

Moi aussi, j'ai été dans le monde... C'étaient des matinées chez ma tante, à Bayonne. Le salon de ma tante sentait le parquet et l'andrinople ; un piano mécanique répandait, non pas de la musique, mais des notes courtes et longues qui se précipitaient avec un bruit de baguettes de bois. Des jeunes gens qui avaient très chaud dansaient avec des jeunes filles ; mes sœurs, plus âgées que moi, étaient entourées, elles semblaient étourdies et très intéressées. J'avais quatorze ans, on ne s'occupait pas de moi, je m'ennuyais. Un jour un monsieur âgé m'a dit :

– Comme c'est joli, autour de votre tête, les petits bouquets de boucles de vos cheveux !

Et il m'a emmenée goûter.

Quand on avait fini de danser et que tout le monde était parti, des bouts de robes, des petits bibelots en papier, des fleurs déchirées traînaient par terre. Ma tante s'asseyait dans un coin de son salon et s'éventait en soupirant. On était fatigué. On ouvrait les fenêtres. J'entendais les cloches des vaches qui paissaient sur la pelouse. On dînait comme tous les soirs ; il faisait clair encore. J'étais triste, j'avais envie de pleurer. Je n'ai plus voulu aller dans le monde.

17 août.

Julien est venu. Il y a des choses qu'on ne peut pas écrire, mais je sais que le péché terrible, je l'éviterai toujours ; je le devine, il me terrifie, il n'est pas possible, la mort me semble plus aisée...

19 août.

Je prie au pied de votre croix, mon Dieu. Pourquoi ne me protégez-vous pas ; voyez comme je me prosterne, j'attends ; parlez.

Vous ne parlez pas.

Lui me parle. Je le crois, comme je vous croyais, quand vous me parliez autrefois, dans mon cœur.

Lui, c'est vous, vivant. Je l'écoute.

Pourquoi est-ce que je l'écoute ?

Ah ! j'aurais dû fermer mes oreilles, tenir mes mains contre mes oreilles, pour que ce fleuve de délices ne descendît point jusque dans mon cœur.

21 août.

Il m'apporte des livres que je ne devrais pas lire, mais je les lis lorsque j'ai commencé, parce que, quand il fait chaud, et qu'on boit, quand on a la bouche sur le verre plein de belle eau, et qu'on meurt de soif, on ne s'arrête point, on boit, encore une gorgée, encore une gorgée...

24 août.

Je ne voulais pas cela, ces enlacements où je perds la tête, mais vous voyez bien, mon Dieu, qu'il est plus fort que moi...

25 août.

Mon Dieu, s'il n'était pas plus fort que moi, s'il ne voulait pas ces enlacements, ces baisers plus que moi, ne serait-ce pas moi qui les voudrais, qui attendrais, qui serais pleine de désirs, d'angoisses, d'étouffements ?

29 août.

On ne sait pas comment cela arrive.

30 août.

Je pense aux femmes, à toutes les femmes, aux reines, aux épouses qui ont déjà plusieurs petits enfants, aux jeunes filles, à nous qui sommes vos fiancées, Seigneur.

Un homme vient qui leur tient les cheveux, la tête, la bouche renversés.

Je pense à toutes qui étaient libres, orgueilleuses, qui marchaient sur les routes ou dans un petit jardin.

Un homme vient qui les respecte, et puis qui les aime et les désire.

Elles étaient libres.

Il y en avait de hautaines qui disaient :

– Moi, je n'ai jamais rien demandé à personne.

Un homme est là qui a sa bouche toute collée contre leur oreille ; il les interroge :

– N'est-ce pas, vous voulez bien que je vous aime, que je m'étende près de vous, que je me penche sur votre cœur ?...

Et elles disent : « oui », doucement, mais c'est plus fort qu'elles, elles disent « oui »...

31 août.

M. l'aumônier l'a répété ce matin, le plus grand péché, celui qu'il faut exécrer, redouter, c'est l'orgueil.

Mon Dieu ! je suis moins orgueilleuse.

2 septembre.

Ce n'est pas un très grand tourment, un souci qui déchire, qui dévore. C'est sur mon cœur une nappe de tristesse, de silence et de fatigue ; je ne suis plus, ici, pareille aux autres, je suis différente de mes sœurs. C'est cela qui me donne cet accablement, cette lente et calme folie. Je m'approche de la sœur Jean, vieille, usée, sourde ; mais avant d'entrer ici elle a été mariée dans le monde, il y a de cela plus de quarante ans ; nous la méprisions un peu parce que nous la sentions différente. Je ne puis m'approcher que de la sœur Jean.

Ô ma sœur Catherine, intacte, solitaire comme un vase fermé, comme le calice, lorsque le prêtre l'a recouvert de soie blanche et d'or, je ne suis plus digne de marcher auprès de votre cœur, de m'approcher de vos mains que j'ai méprisées, qui m'ont humiliée pour vous, lorsqu'elles versaient, par amour, le sang de vos veines adorables, pures...

4 septembre.

M. l'aumônier l'a dit encore : « La contrition c'est une fleur agréable, où les regards de Dieu pénètrent comme des abeilles. »

7 septembre.

Julien est revenu ; je suis heureuse, ah ! qu'importe tout l'univers, tout le péché ! Il y a cette flamme, cette ivresse, cet enivrement !

Au fond de l'être une divine perle s'émeut ! et la sensation même c'est cette perle, limpide, nacrée, et d'un éblouissant éclat.

Julien dit : la volupté...

10 septembre.

La volupté ! tout est volupté.

Il vient, je le connais, je ne le connais pas. Être toujours une timidité, une surprise l'un pour l'autre !

Il veut, je ne veux pas, je veux.

Il a peur de moi, j'ai peur de lui, nous n'avons plus peur l'un de l'autre.

Nous connaissons notre cœur.

Il est mon frère, mais, ah ! quelle volupté ! mon frère est un étranger...

18 septembre.

C'est la fête de sainte Sophie, c'est ma fête, je m'appelle sœur Sainte-Sophie.

Julien, cette nuit, m'a apporté une petite bague avec une pierre rouge, pour ma fête ; il avait attaché à cette bague une feuille de papier où il avait écrit ces mots : « Ô ma chère petite Sainte-Sophie, qui êtes comme la belle église de Constantinople, qui êtes une douce mosaïque dorée, une chère église infidèle, un temple plein de musc et de pastilles de roses, qui êtes comme une nonne caressée par un sultan, toute pareille à ma chère sainte Sophie, voluptueuse, sous le soleil, près du Bosphore... »

19 septembre.

Mon couvent, vous me fendez le cœur d'amour ; vous êtes, ce matin, comme une belle turquoise douce. Septembre est encore plus tendre qu'août.

Le jardin, quand j'y suis descendue avant l'aurore, car je ne peux plus dormir, était une âme en petits cailloux, en buis vert, en pétales, qui cause avec soi-même.

Il est un peu plus long que large et bordé sur trois côtés par les arcades blanches du couvent. Je suis restée là, j'ai marché, il montait des petites fraîcheurs de chaque touffe de bégonias, et puis le soleil est venu. J'ai vu arriver le jardinier, qui est un garçon de quatorze ans, il m'a saluée et s'est mis tout de suite à soigner les fleurs, les genoux dans la terre, au bord d'un massif. Une de nos sœurs, la sœur Colette, dont je ne parle pas souvent tant elle est effacée, a traversé le jardin.

Elle était coiffée, par-dessus son béguin et son voile de religieuse, d'un chapeau de paille en forme d'entonnoir renversé, et tressé grossièrement comme une hotte, comme un tapis de jonc. Elle craint le soleil.

Je suis restée là, tout était délicieux ; le silence est un voile fin qui se balance. Et puis la cloche de la chapelle a sonné pour la messe, dans le léger clocher. Les sons suaves, transparents, se répandaient sur le jardin. Il ne semblait point qu'une de nos sœurs fût occupée à tirer cette cloche par une corde, mais que cette cloche s'était mise à sonner d'elle-même, comme un oiseau chante, comme une fleur éclôt, à cause des douces conditions de l'air...

20 septembre.

J'ai pris froid, je suis un peu malade. Vous m'avez envoyé cette fatigue pour me sanctifier, Seigneur. Je vous remercie, vous me sauvez. Mon âme n'a plus son profane emportement, je me guéris de ma violence, de ma folie ; j'ai beaucoup souffert et toussé toute la nuit, mais je me sentais purifiée, libre, innocente.

Si on m'avait apporté des jouets sur mon lit, comme quand j'étais petite, j'aurais joué.

23 septembre.

Je suis encore souffrante.

Julien est venu me voir, il vient maintenant par la porte du couvent, il a une clef ; sa présence m'a fait beaucoup de peine, j'étais gênée, confuse. Une religieuse qui est malade ne peut avoir auprès de son lit que son aumônier, son médecin, ses sœurs.

Je lui ai dit qu'il ne fallait plus que nous fussions ensemble ce que nous avions été.

Il a ri, comme quelqu'un qui dit : « Il faut attendre. »

Mais ensuite il a senti que j'étais sincère, que c'était vrai tout ce que je lui avouais, mon goût pour la douceur, pour la paix que j'éprouvais.

Cet emportement, cette folie de la dernière semaine, ce n'est pas dans mon caractère...

On ne sait pas comme les choses les plus saintes deviennent vite ordinaires au couvent. Les blessures de la sœur Catherine, on ne s'en occupe plus beaucoup.

On lui dit le vendredi, par curiosité, parce qu'elle les ressent davantage le vendredi, et qu'on veut savoir si cela dure encore : « Eh bien, ma sœur ? »

Mais il semble que la mère abbesse, avec un peu d'humeur, pense en regardant la sœur Catherine : « Si vous vous dominiez, ma sœur ! »

Julien m'a montré de petits dessins qu'il a faits de moi, j'ai été offensée. On ne fait pas de portraits d'une religieuse.

24 septembre.

C'était vrai, je vous jure que c'était vrai, mon Dieu, le repentir, la grande fatigue, le grand dégoût que j'avais, quand j'étais malade ces jours-ci, de ma vie passée. J'étais faible, sans nourriture, vous me souteniez, je priais avec force, j'étais heureuse ; je suis guérie, mais vous êtes reparti, et me voici toute livrée encore à ce désir que vous avez mis en nous, mon Dieu !

On est sage, raisonnable, on a la face toute tournée vers vous, on goûte la blancheur qui est une chère volupté que vous nous avez permise, et puis toute notre âme nous emporte vers un péché qui ne semble pas un péché.

Je vais vous dire, mon Dieu, ce n'est pas de notre faute. C'est comme cela que vous nous avez faites.

L'amour, c'est un doux, involontaire mécanisme du cœur, comme la foi plus vive, comme l'extase que les saintes nous souhaitent. Il y a des choses où l'on ne peut rien. Voyez, mon Dieu, si M. l'aumônier, pour nous toucher, nous rappelle notre petite enfance, nos jeux, notre père mort, nous pleurons ; et si la mère abbesse nous dit : « Je suis satisfaite de vous, ma fille », nous nous tenons plus droite, nous sommes plus courageuses ; et si une de nos sœurs nous donne un bouquet à respirer, nous respirons fort d'abord, et nous soupirons après ; et si notre ami met son cœur près de notre cœur, nous ne savons plus rien que son désir, et notre désir plus tendre encore que le sien.

Toutes ces choses, mon Dieu, sont une seule chose, la même chose...

25 septembre.

Il y a une sainte dans le Paradis qui me ressemble, c'est la sainte Thérèse, ainsi que l'a représentée un sculpteur napolitain qu'on appelait le Bernin, et telle que je la vois sur une photographie que Julien m'a donnée.

Sa robe est bouleversée comme un grand voilier dans un naufrage, et la petite tête dure, nette, arrêtée, défaille comme un oiseau qui mourrait de son propre chant.

Bouche de sainte Thérèse, ouverte et pleine de grâces, que buvez-vous dont vous ayez ainsi la figure parfaite, morte et noyée ! Que vous êtes silencieuse ! votre cri, vous ne le jetez pas, vous l'aspirez et il vous perce les poumons et le cœur.

Votre corps, ô sainte, vous est léger, il ne se tient pas lui-même, l'invisible force de votre ami céleste vous porte, et vous, reine enflammée, vous ne craignez plus de le fatiguer, vous glissez et vous entrez dans ses bras.

Ah ! vous le sentez bien, vous êtes légère et soulevée et il semble que tout le poids de la vie descende dans votre pied qui pend, si abandonné, si confiant en Dieu, si lourd et véritable, et plus que votre âme pareil à votre âme...

Je vous vois, je m'approche tout près de cette image et je vous vois : il n'y a plus rien en vous où la satisfaction n'habite et adhère.

Ô ma sainte, comblée d'extase autant qu'une morte est comblée de paix, et que la faim peut être pleine de douce nourriture, dans lequel des sept châteaux de l'âme que vous méditâtes, avez-vous goûté cette collation et ce sommeil ?...

26 septembre.

Il y a certaines paroles qui pourraient me causer de grandes angoisses, me rendre douloureuse, susceptible.

Julien les évite, il ne parle jamais de la veille, nous oublions toujours. Et chaque jour, pour quelques heures, mon cœur redevient pur.

J'essaye d'imaginer ce qui se passerait si la mère abbesse se doutait de ma vie actuelle, si elle me disait brusquement :

– Je sais que vous recevez un jeune homme la nuit, dans votre chambre.

Toute ma force bondirait, se tasserait en moi comme une bête qui va égratigner. Je haïrais la mère abbesse, je souhaiterais sa mort ; si je le pouvais, j'essaierais de la repousser jusque je ne sais dans quel coin obscur, perdu, de la maison. Je lui dirais peut-être :

– Et vous, est-ce que je sais, ma mère, à quoi vous pensez ?

Ah ! mon Dieu ! voilà où nous mènent nos crimes !

Pourtant, ma mère, je vous aime tant, j'aime tant vos mains qui n'ont pas d'ardeur, vos pieds qui touchent fortement au sol, et ce qui reste encore de vous dans une pièce où vous venez de passer, que j'ai vécu deux ans à vous suivre, à jouer, à rire, à chanter dans les chambres, dans les parloirs, dans les couloirs où l'on avait vu votre robe remuer. Si vous m'aviez donné une de vos larmes à boire, si vous m'aviez invitée dans votre cœur, si vous m'aviez, un jour de chagrin, pressée contre vous de telle sorte que j'eusse été désormais votre petite fille secrète, ma vie serait encore éblouie de pureté, et la porte de votre chambre me troublerait comme si elle était toute en bois de santal, si odorant, que, lorsque j'étais petite, il me faisait m'évanouir...

27 septembre.

Ô ma sœur Catherine qui avez dans les mains de chères blessures, comprenez-moi, il y a des plaisirs du cœur que l'on ne peut pas dire ; des plaisirs du cœur qui ressemblent justement à vos mains : à vos mains de chère esclave de Dieu...

28 septembre.

Ce qu'il y a de curieux dans l'amour c'est l'orgueil. Mon cœur éclate d'orgueil...

Je suis seule. Il est onze heures. Tout dort dans le couvent.

J'ouvre ma fenêtre pour rêver. Nuit d'automne si aérée ! Mille petites sources d'air bondissent dans l'ombre agitée, mille vents légers soufflent, toutes les feuilles remuent. On respire bien cet air romanesque, noir et limpide.

Je pense. Pourquoi Julien m'aime-t-il ? Parce que mon âme a plus de manières et de mouvements qu'un lis du matin sous le vent bleu, parce que je suis forte et faible et toute mêlée ; parce que, quand Julien dit : « Je sais à quoi vous pensez », je réponds : « Oh ! non, ce n'est plus cela, c'est déjà autre chose », et parce que ma voix, la nuit, est mystérieuse comme les étoiles de la nuit...

29 septembre.

Julien m'apporte des livres, il y en a de jolis et d'autres qui me déplaisent, que je lui rends tout de suite sans achever de les feuilleter. Je lui en ai rendu un qui s'appelait *les Fleurs du Mal*.

Il me faisait peur. Les soleils, les beaux pays, la tendresse, les parfums, tous les désirs ressemblent, dans ce livre, à de grandes blessures, et l'amour c'est la torture, le supplice, dans des chambres plus lourdes et plus chaudes que la chapelle.

On ne peut pas tout sentir quand on vit dans un couvent ; je ne sens pas comme Baudelaire qui est l'auteur de ce livre. Julien l'adore, mais il s'exprime plus doucement que lui ; il m'a dit hier en m'embrassant :

Étoile de mes yeux, soleil de ma nature,

Vous mon ange et ma passion !

Ce qui me plaît beaucoup, ce sont les œuvres poétiques d'un écrivain du XVIe siècle, je crois, né dans le Limousin, un élève de Ronsard. Ces poèmes sont si charmants que je les apprends par cœur.

Nos saints, je me rappelle leurs prières et leurs méditations, ont quelquefois parlé une langue aussi douce, une langue de pèlerin, qui a un bourdon, un chapeau orné de coquillages, et d'anciennes courtoises manières avec la nature, le soleil, l'eau, les oiseaux.

Julien dit :

– Il faut croire les poètes, ils savent toutes choses mieux que nous : la poésie, c'est la vérité du monde.

Voici des stances que j'aime beaucoup :

De quoy avez-vous peur ? Qu'est-ce qui vous retient ?
La parfaite amitié à l'autre s'entretient,
Et la crainte jamais n'y peult prendre naissance,
Banissez cest erreur où l'âme va resvant.
C'est un souverain bien de se rendre vivant
Au Paradis d'Amour qu'on nomme Jouissance.

Fuyez-vous ce bonheur ? où avez-vous les yeux ?
N'ymaginez-vous point le plaisir gratieux,
Qui des effets d'amour enseigne l'excellence.
Vous tenez du Rocher et perdez jugement,
Si vous ne désirez vivre éternellement
Au Paradis d'Amour qu'on nomme Jouissance.

Dames qui de rigueur payez l'humilité
Des amants languissans pleins de fidélité,
Et donnez pour loyer de leur persévérance
Mille morts tout à coup et mille cruautez,
Vous n'entrerez jamais par vos desloyautez
Au Paradis d'Amour qu'on nomme Jouissance.

L'enfer sera pour vous, et la peine et les feux
Puniront justement vos dédains, vos reffeus,
Le Ciel vous dardera les traitz de sa vengeance,
Vous péchez contre un Dieu qui pourroit sans torment
Vous donner du plaisir et du contentement
Au Paradis d'Amour qu'on nomme Jouissance.

30 septembre.

Je voudrais dire à toutes les religieuses, à la sœur Catherine que je préfère :

– Ma sœur, je vous jure que c'est le seul bonheur du monde ! Que faites-vous ! que faites-vous, ma sœur ! votre temps passe ! et c'est le seul bonheur du monde ; ensuite il y a la mort qui doit être quelque chose d'aussi beau que l'amour, un plaisir qui a juste la forme de tout notre être.

» Mes sœurs, vous ne savez pas ce que vous faites ; quoi que vous fassiez, vous ne faites rien du matin au soir.

» Boire, manger, être paisible, respirer l'air, prier, étendre des feuilles de verveine entre les nappes de l'autel, se troubler un peu aux souffles du soir et glisser par mélancolie ses mains sur son front penché, ce n'est pas vivre.

» Ô ma sœur Catherine, il faut que vous connaissiez cette tendre tempête, je vous en supplie. Pourquoi n'allez-vous pas une nuit dans ma chambre, à ma place, quand vient mon ami. Je suis plus jolie que vous, je ne serai pas jalouse. Je resterai, moi, dans votre cellule, au pied de votre croix, et vous, ma sœur, vous serez une reine belle et frissonnante, vous serez un miracle brûlant, une chaude nuit de Pâques en septembre, vous serez ressuscitée... Vous n'aurez point de terreurs, point d'objections. Vous verrez, on ne pense à rien, on ne se tourmente de rien ; vous aurez tant de petites flammes rouges dans votre tête, que ce sera plus beau que le soleil sur des vitraux rouges, et vous sourirez avec votre main devant vos yeux ; et après, ma sœur, on ne se tourmente pas non plus, parce que c'est fini, et qu'on voit bien que tout, autour de nous, est resté pareil... »

2 octobre.

Je me suis promenée dans le jardin avec toutes les autres religieuses. Nous avons ri. La ration de poires pour notre goûter ayant manqué aujourd'hui, j'ai proposé à mes sœurs de parler, chacune à son tour, en mangeant notre pain, des fruits que nous préférions, afin que ce fût devant nous comme un verger qui donnerait soif, et qui, aussi, rassasierait. Nous nous sommes disputées. Il y en a qui aiment surtout la pomme, odorante et gelée, ou les poires que l'on dévore si vite le matin sur l'arbre, qu'on ne sait pas si elles se précipitent en nous ou nous en elles ; et la sœur Catherine n'aime que la pêche jaune et la petite fraise des bois qui semble déjà écrasée de peur.

Mais moi, je les aime tous, tous ceux-là, et aussi le raisin, qui a le goût de musc et de cassis, l'abricot, qu'on imagine complètement avant d'y mordre, et qu'on mange avec une telle douceur et tant de perfection, que ce sont, dès que mes lèvres le touchent, de beaux baisers et de beaux soupirs dans un fruit ; la prune verte, fendillée, décollée, crevée, qui est si petite qu'on ne goûte ni la première ni la seconde ; les cerises, toujours trompeuses, qui ne sont jamais comme on les croit - ni sucrées, ni tendres, ni gonflées, ni juteuses, ni pleines - mais qu'on adore parce qu'elles sont le mois de mai, le pauvre, le clair, le cher mois de mai sur les ramures...

Et je vous aime, vous aussi, petite nèfle déjà morte, morceau d'automne qui tient dans le creux de la main, petit cadavre de fruit qu'on a composé en pilant les feuilles moisies de la terre, et qui avez cinq beaux noyaux, ronds, lisses, vernis, luisants, joyeux, comme de beaux hannetons vivants, qui ont des ailes...

3 octobre.

C'est drôle, il y a des pays lointains, qui, pour nous, quand nous sommes des petites filles et que nous apprenons la géographie n'ont pas de réalité, ne semblent que des taches vertes ou rouges sur les cartes ; nous les considérons comme de méchantes contrées sauvages, abandonnées de Dieu, punies, repoussées trop près du soleil.

Et maintenant, j'ai une grande tristesse douce, heureuse, et de belles images vagues, et une vision de tout petits oiseaux, de feuillages énormes et parfumés, quand Julien parle de la Plata, de la Cordillère des Andes...

4 octobre.

Julien pense curieusement.

Il a quelquefois une imagination qui n'est pas pure et qui m'effraie. Il disait :

– Écoutez, je songe indéfiniment à ceci : vous êtes cloîtrée, vous êtes cachée, vous êtes la prisonnière, l'esclave, la reine, l'odalisque du Dieu éternel. Vous êtes une chose sacrée, privilégiée, retenue : vous êtes, entre tous vos murs blancs, une goutte de rosée enfermée dans une goutte de rosée ; moi seul je vous vois, je vous parle, je vous goûte, je vous connais ; je serre contre moi et je caresse votre chère tiédeur, mes mains sont toujours chaudes de vous ; et je vous quitte, je rentre chez moi ; je ne dors point, je travaille ; le matin vient, des amis arrivent, j'embrasse ma petite sœur Marguerite et une jeune cousine qui habite aussi avec nous ; je presse les mains qu'on me tend avec mes mains qui vous ont tenue, et ainsi je répands, dans le monde que vous ignorez, qui ne doit point vous connaître, ô ma sœur divine, l'essence de votre douce douceur...

5 octobre.

Rien ne fait peur, ni l'idée du châtiment, de la mort et de la mort éternelle.

La volupté, c'est un moment silencieux et haut comme une voûte infinie. C'est un moment où, alangui, l'être est une volonté pareille à la guerre, pareille au coureur de Lacédémone qui ne s'arrêta qu'en mourant.

Toute l'âme se porte d'un côté et de l'autre côté du plaisir comme un vent soyeux qui se balance entre deux rangées d'œillets.

Ô douce indignité !

Quelle paix ! On ne craint plus la mort, et si le couvent, le monde entier, tout le plafond de la chambre s'effondraient, on penserait : Qu'importe ! comment le saurais-je, mon âme ne peut rien percevoir que ce qui lui vient de soi-même...

6 octobre.

C'est incroyable et j'en suis encore tout étourdie. La sœur Colette à laquelle je ne pense jamais, et que je n'aime pas à cause de son visage de grive, un visage des vignes ou des buissons, la pauvre sœur Colette a éprouvé aujourd'hui de la tendresse pour moi, et je ne sais pourquoi elle s'est mise à me faire des confidences.

Elle parlait devant elle avec de la rancune, mais le fond de son cœur est tout résigné. Elle avait besoin d'expansion et de parler, voilà. Alors, je sais l'aventure de sa vie et pourquoi elle est venue ici. Elle m'a raconté cette histoire en se promenant près de moi sous les arcades blanches. On n'entendait que le bruit de nos pas, le balancement de nos longs rosaires et la voix de la sœur Colette, de la sœur Colette jeune et laide, toute rose, toute échauffée, qui sentait bien qu'elle goûtait là un des seuls moments importants de sa vie, puisqu'elle parlait d'elle et qu'on l'écoutait.

Par instants, le chat angora de notre couvent passait, venait près de moi, et la pauvre sœur mourait de peur que je ne fusse intéressée par lui et distraite.

Voici l'histoire. Pendant quelques instants de son existence, la sœur Colette a été aimée. Sa sœur aînée qui était très jolie, très gâtée, très méchante, assure-t-elle, avait épousé un jeune homme de Tarbes, beau et riche, le fils d'un député, et la sœur Colette qui était déjà toute dévote, ne pensait à rien, ni à sa sœur, ni à son beau-frère, ni à la petite fille qui était née de ce mariage ; elle pensait à Dieu. Et puis elle alla passer un été avec eux, chez eux. Sa sœur la taquinait, son beau-frère était gentil pour elle, elle aimait la petite fille, à qui elle chantait des chansons, parce que, c'est vrai, la sœur Colette a une jolie voix.

– Alors, m'a raconté la sœur Colette, alors, un jour que je me promenais au coucher du soleil dans leur beau jardin, mon beau-frère qui s'appelle Jean m'a fait signe par la fenêtre de sa chambre ; il m'a dit : « Louise, – c'était mon nom avant d'être religieuse, – Louise, viens, j'ai quelque chose à te raconter. » Je suis montée ; il n'avait rien à dire, il a dit : « C'est parce que tu te fatigues ; tu marches toujours en te taisant, en rêvant à je ne sais quoi ; reste tranquille, assieds-toi là... » J'étais étonnée ; je me suis assise, il faisait froid dans la chambre de Jean, qui est au nord, et tout semblait triste. Je lui demandais : « Qu'est-ce que tu veux ? » Il répondit avec douceur : « Rien, je suis content que tu sois là. Reste tranquille. Tu te donnes toujours du mal pour ta sœur. Repose-toi ; es-tu contente ? »

J'étais étonnée et je répondais : « Oui ». Il a dit : « Tu crois toujours que personne ne t'aime ; qu'il faut que tu sois bien sage, bien polie pour tout le monde ; mais, tu sais, moi je t'aime beaucoup. » J'ai dit :

« Oui, Jean. » Il a continué : « Je te trouve très gentille. L'autre jour quand tu chantais au piano cette barcarolle, j'ai eu envie de t'embrasser. » J'ai dit : « Oh ! Jean ! » Il a repris : « Je sais bien, tu ne me crois pas, tu ne crois pas à mon amitié, mais regarde, voilà un ruban que tu avais dans les cheveux un soir que tu courais autour de la table pour amuser la petite, il est tombé de tes cheveux et je l'ai gardé. » Alors, je me suis sentie toute contente et rassurée, et jamais je n'avais senti ce contentement, et je pensais seulement, je ne sais pourquoi : « Est-ce que Marie va rentrer ; Marie va rentrer... »

» Jean a allumé une bougie parce qu'il commençait à faire noir dans la chambre. Cette chambre que je connaissais bien me semblait toute neuve, et belle comme un jour de fête, comme la date d'un bonheur qui commence, et je me disais : « Il faudra toujours que je me rappelle cet instant, cette chambre. » Jean avait l'air embarrassé et très bon ; et je pensais : « Qu'est-ce que cela fait que Marie soit plus jolie que moi, plus gâtée, plus riche. C'est moi qui peux me moquer d'elle, et elle, elle ne sait rien, rien. Elle bavarde chez des amis en ce moment, et moi j'ai l'amitié de Jean. » Mais j'étais tourmentée parce que cette chambre m'intimidait ; je voyais une armoire ouverte avec le linge de Jean, et le lit de cuivre qui me gênait, et j'avais envie de pleurer, de m'en aller, de dire à Jean : « Vois, Jean, comme tu me taquines et comme tu es méchant », et j'avais envie de lui dire : « J'ai bien confiance en toi ; adieu, Jean ; je n'aurai plus jamais de chagrin puisque tu as de l'amitié pour moi ; je vais partir, mais d'abord, d'abord rapproche-moi le plus près possible de toi, Jean, le plus près possible... »

» Et je ne sais plus ; Jean m'a embrassée, et je l'ai embrassé. Je le détestais de faire cela, je voulais fuir, mais je me pressais contre lui en disant : « Jean, sauve-moi, sauve-moi. » Et puis je sentais que je n'étais pas jolie, et que, quand on n'est pas jolie, on ne peut pas bien se défendre, parce qu'on veut surtout cacher son visage et embrasser les mains de celui qui nous aime ; et puis Jean est devenu fou, il m'a dit : « Tu me plais plus que ta sœur, tu es timide, tu es silencieuse, tu n'as pas de joie... » Et il me pressait contre lui, il m'a dit des choses qui m'ont fait peur ; j'ai crié, crié comme si on me tuait, et je suis partie. J'ai voulu entrer ici. Depuis j'ai été bien ici ; je ne peux pas me plaindre... »

La sœur Colette se calme, elle semble réfléchir, se ressouvenir. Elle dit avec apaisement et indifférence :

- N'est-ce pas, vous comprenez, il y a des mots de tendresse qu'on peut écouter, et puis des mots qui révoltent...

Et j'ai dit étourdiment :

- Oui, des mots qui révoltent, qui font un douloureux et profond plaisir, des mots contre lesquels on ne peut rien, qui écartent nos deux bras et qui entrent de toute leur force dans notre cœur...

La sœur Colette, heureusement, ne faisait pas attention à mes paroles ; elle pensait à elle. Ensuite elle m'a demandé :

- Et vous, vous n'avez rien eu jamais dans votre vie ?

Et j'ai répondu tranquillement :

- Non, ma sœur, moi, rien.

Et maintenant, je repense à cette aventure de la sœur Colette. Je me sens mal à l'aise et jalouse, jalouse de votre pauvre histoire, ma sœur qui n'êtes pas belle et qui fûtes aimée. Jalouse, parce que tout l'amour c'est à moi, c'est pour moi...

Parce que je ne veux pas savoir qu'à toute heure, dans tout l'univers, il y a des hommes désespérés de désir, et des femmes autant que moi passionnées. Il ne faut pas me le dire.

Ma sœur, vous n'étiez pas jolie ; cachée dans l'ombre et la paix de ce cloître vous êtes heureuse. Peut-être dans le monde eussiez-vous été heureuse aussi. Vous êtes laide ; l'homme que vous auriez aimé vous l'auriez aimé avec passion et humilité, comme une servante ; vous ne lui auriez rien demandé d'autre que d'être lui. Vous l'auriez regardé, désiré, attendu.

Quand on est jolie, on n'est jamais tranquille, parce qu'on pense : « J'aime mon ami ; mais puisque je suis jolie je pourrais aussi être aimée par un poète qui chante jusqu'aux nues, par un musicien, par un guerrier, par un jeune roi qui a une couronne d'or et d'émeraudes... »

7 octobre.

J'ouvre ma fenêtre sur un vent vif. Vous êtes déjà fini, été qui vîtes naître et croître mon bonheur.

Il a plu, mais l'azur lentement revient. La colline que j'adore, le cher coteau de Gélos est humide, luisant, bien net, bien assoupi, comme un oiseau qui a ses plumes mouillées.

Je regarde ma colline, fine, verte, violette. Quelques lignes sur l'horizon, comme vous attendrissez le cœur !

Ô ciel de l'été, qui fûtes au-dessus de mon couvent la chair délicieuse d'un fruit inimaginable, blanc et bleu, je jure de ne vous regarder que par les fenêtres innocentes de cette demeure, que par-dessus le mur tranquille du jardin.

Je ne pourrais, mon couvent, vivre sans vous.

Le bonheur, la passion tendre et vénéneuse, les belles voluptés, c'est vous qui les avez faites pour moi si précieuses et si abondantes, solitude !

Les caresses reluisantes comme l'argent et l'or et plus mélodieuses que toutes les harpes, c'est vous qui les polissiez pour moi, qui les accordiez pour moi dans l'ombre, ô contrainte ! ô pureté de l'air de ma maison !

Moi seule ici je suis la reine, je suis oisive et langoureuse et les autres sont des esclaves qui travaillent. Quand Julien m'a demandé si je ne le suivrais pas un jour, si je n'irais pas vivre avec lui pour toute la vie dans le plus doux pays de la terre, je lui en ai voulu ; comment a-t-il supposé qu'on pouvait accomplir un sacrifice aussi grand, aussi impossible ?

Ô mon couvent ! enduit de chaux et de soleil...

8 octobre.

La sœur Marthe a perdu sa mère. Elle tenait la lettre à la main et elle pleurait en regardant devant soi avec des yeux doux et déserts.

La sœur Marthe, qui est une jeune femme ordinaire et robuste, prend, quand elle pleure ainsi, un charme délicat.

Je l'ai bien regardée.

Je sais maintenant pourquoi l'expression de la douleur, sur un visage, est si touchante et troublante ; c'est parce qu'elle révèle que l'être n'a plus aucune défense personnelle.

Une âme malheureuse est toute prête pour la mort et pour la volupté.

9 octobre.

Je me réveille toute engourdie d'un rêve que j'ai eu cette nuit. Ce n'était rien, mais c'était plus jeune que la jeunesse. Il y avait dans ce rêve Julien, et c'était un été tout petit, et rose et enfantin...

Le réveil m'oppresse et me déçoit.

... Et c'était mieux que la vie, plus petit, plus étroit, plus clair. Il y avait dans ce rêve Julien, un coin du jardin de Bayonne qui se déformait, mon enfance, et une félicité inouïe faisait l'atmosphère. La vraie vie est trop large, elle a trop de degrés. Ce petit rêve, c'était l'essentiel.

12 octobre.

C'est étrange, pour la colère pour l'honneur, la surprise, le dégoût, nous avons une âme qui s'irrite ou s'élance, – mais dans la volupté, combien d'âmes avons-nous qui meurent en nous ?...

13 octobre.

Quelle émotion ! J'ai trouvé dans le jardin, sur la petite table cachée par les charmilles, un livre lourd, à fermoirs dorés, que j'ai ouvert, et c'est le livre où la mère abbesse écrit ses souvenirs, ses méditations.

J'ai lu les dernières pages ; avec un crayon je les ai recopiées ; elles m'attendrissent, m'émeuvent, comme le visage de la mère abbesse ; – les voilà :

« Elles étaient mes petites cousines, – plus jeunes que moi, – et m'aimaient. Nous jouions ensemble dans ma maison. Déjà résolue à entrer en religion, je leur semblais forte, paisible.

» Elles avaient quinze ans, seize ans, dix-sept ans ; elles m'aimaient.

» Je me souviens de Madeleine, dont l'amitié était semblable à une fleur en prière, et dont le regard fervent me disait avec douceur : « C'est vous, vous, vous ! » Je revois Suzanne, qui avait la tête un peu tirée en arrière par la masse énorme de ses cheveux roux, – et elle marchait toujours seule, mais si pleine, si contente, qu'il semblait qu'elle goûtât l'amour sans l'amour ; – je revois Élisabeth qui avait toujours peur et qui faisait semblant d'avoir peur, parce qu'elle aimait sa faiblesse ; Simonne, qui était jolie, et si heureuse, si soucieuse d'être jolie qu'elle ne riait pas, et ne pleurait pas, et vivait en été sous une grande ombrelle, mais quelquefois elle avait une passion d'amour qui décomposait tout son beau visage et le rendait pareil à la faim et à la mort. Je me souviens de Marie, qui venait de se marier et qui avait un petit enfant qu'elle endormait sur ses genoux, et elle se retenait de respirer et ne pensait jamais plus à elle.

» Et toutes elles s'appuyaient sur moi, elles mettaient leur peine, leur plaisir, leur âme sur moi, parce que j'étais forte et tranquille.

» Aujourd'hui, en revoyant dans mon cœur leurs tendres figures, je pense à ce que sera leur mort, si elles meurent jeunes.

» Jeunes femmes de vingt-cinq et de vingt-six ans, toujours petites filles, je pense à votre agonie encore inconnue.

» Du fond de votre lit, réveillées au milieu de la nuit par un désespérant étouffement, et sentant que c'est votre fin, accrocherez-vous, à ceux qui vous entourent, des mains épouvantées, des regards qui se cramponnent, des yeux affreusement pressés et rapides qui crient : « Inventez encore quelque chose, je vous supplie, je vous supplie. »

» Ou bien, épuisées par la maladie, vous coucherez-vous sur le bras de votre mari qui parle à voix basse, – aussi résignées que le premier soir de votre mariage, quand après la longue cérémonie vous aviez les pieds tordus par la fatigue et l'âme déjà toute déçue ?

» Souhaiterez-vous de voir votre petit enfant, qu'on fera venir et qui, tandis que vous poserez sur lui des regards que l'amour brise, se mettra à jouer activement avec la petite boîte qui contient un léger cachet de pharmacie ? – ou bien, les doigts assoupis sur le poignet de votre sœur préférée, penserez-vous avec reproche : « Je m'en vais, et toi tu restes, toi qui es née avec moi, qui as joué, grandi, travaillé, dormi avec moi » ?

» Ou bien encore, la bouche fermée et les yeux pleins de folie, jetterez-vous des bras plus pathétiques que des clameurs, vers celui que vous ne devez point nommer, qui est dans la même ville que vous, mais que vous ne pouvez point appeler, qui est la force et la honte de votre cœur, l'ami, le frère et véritable époux ?

» À l'ombre des rideaux silencieux, et dans l'odeur de la veilleuse, de la poudre de lin et de la tisane, imaginerez-vous le beau juin dernier, débordé de soleil, quand ivres, ivres d'été, vos veines chantaient en vous comme les ruisseaux dans la prairie.

» Et si c'est un soir à la campagne et que par la chaude fenêtre vous voyiez respirer tout le doux jardin et une hirondelle passer, peut-être penserez-vous, l'agonie ayant diminué votre révolte : « Ce soir, petit oiseau, je serai avec vous dans les cieux... »

» Trompées par le vertige et les bourdonnements d'oreilles, croirez-vous entendre les cloches du petit village d'été, les cloches du soir qui font pleurer le cœur de la colline et de la plaine... ?

» Ô petites filles que j'ai aimées, connaîtrez-vous, à la minute de mourir, la mélancolie, – une mélancolie plus épuisante que ne serait, par une blessure affreuse, la perte de tout votre sang ?... »

14 octobre.

Je respire l'automne avec tant de tendresse que je n'ai rien à dire.

Automne ! ô douceur ! ô goutte de miel rose !

16 octobre.

Ma mère et ma sœur, installées à Dax maintenant, viennent comme de coutume me faire visite le 15 de chaque mois.

Leurs chapeaux sont d'abord ce qui me frappe. De curieux chapeaux qu'elles varient. Cela leur change le visage, l'âme ; ma sœur Jeanne est tantôt un page, tantôt une niçoise, tantôt un marin, tantôt une bergère. On ne la connaît jamais, et je regarde son vêtement avant de voir sa figure.

Ma mère et elle ont toujours l'air d'arriver au parloir le temps seulement de s'asseoir, de se reposer, de repartir ; je ne suis plus dans leur vie, elles ne sont plus dans la mienne. Nous jugeons nos costumes réciproques et nous ne les trouvons pas beaux, chacune est fière du sien. Ma sœur Jeanne est toujours distraite et pressée, mais quelquefois ma mère rit, et cela, alors, m'attendrit infiniment. Elle a été petite et jeune, j'ai été son enfant...

C'est amusant de parler de soi, mais Julien, je crois, n'est pas attentif.

Par moments je lui explique tout ce que j'ai dans le cœur, dans la pensée, puis, quand c'est fini, enivrée d'un si grand plaisir, je le regarde pour voir ce qu'il pense, ce qu'il va répondre ; mais il prend ma main, et la baise doucement, et dit :

– Je ne sais pas ce que vous racontiez, j'ai entendu le son de votre voix...

17 octobre.

Une petite fille noire d'Haïti est arrivée au couvent. Elle est recommandée par des religieuses de là-bas ; on la garde ici aujourd'hui et puis on la dirige sur un pensionnat de Nîmes. Nous nous empressons autour d'elle. Elle est tout à fait noire. Elle a treize ans ; elle est vêtue d'une robe foncée, d'une petite pèlerine, d'un chapeau de feutre orné de nœuds lilas. Une médaille en argent pend autour de son cou, à un ruban de laine bleu de ciel. Son nom est Bénédicta. Elle parle très doucement le français ; le son de chaque mot est une sorte de supplication lente, d'adjuration. C'est comme si elle parlait à genoux avec la tête levée.

Elle est très douce et elle paraît engourdie ; il semble que notre religion si vive ait paralysé toute sa force. C'est comme si on l'avait battue pour lui enseigner Dieu, et maintenant elle est plus sage que nous toutes. Elle me fait de la peine ; elle parle de son pays et d'autrefois ; elle dit : « le maître, l'esclave, les noirs ».

Elle est très touchée, très honorée d'être une jeune fille catholique.

Elle est douce, patiente, et elle a un visage de méchant singe féroce ; jamais cela ne s'arrangera. Ses cheveux sont une petite laine épaisse, les espaces larges de ses joues sont des terres qui reluisent et ses deux yeux sont bons et pourtant pareils à la langue du tigre.

Elle est soumise et extrêmement attentive à l'être parfaitement.

Comme vous êtes consciencieuse, Bénédicta ! Vous vous surveillez tout le temps, vous n'avez pas de révolte – mais c'est une honte je crois, – et j'ai rougi de vous voir ce matin goûter comme nous à de petits haricots cuits dans l'eau, avec vos lèvres énormes qui ont mangé des mangues, la mangue que vous préférez, dont vous m'avez parlé, la mangue muscat qui est verte, qui, vous l'avez dit, se déroule jusqu'au noyau dans la bouche.

Ô beau pays nègre ! pays vingt fois plus chaud que moi-même ;

pays de la force brûlante, qui avez deux torrents, le soleil et l'amour !

Affreuse petite Bénédicta, vous ne pouvez pas être une bienheureuse, parce qu'il faut pour cela des yeux bleus comme la molle écharpe de sainte Marie de Lourdes ; que vous seriez belle encore si vous étiez sauvage, si vous nous faisiez peur, si vous étiez, sur les murs laiteux de ce couvent, une petite figure de Satan femelle, qui rit, qui s'agite, qui n'en peut plus de sentir frémir les grains du poivrier sous sa peau, et qui, la nuit, pleure d'être comme la terre de la noire Haïti, pleine d'un parfum animal qui monte...

19 octobre.

Quel vent ! sur le toit la girouette se lamente comme un petit hibou.

L'aumônier est enrhumé. Je les trouve révoltants les rhumes de notre aumônier. Il est contrarié de son malaise et se traite avec hâte et fureur ; on l'entend tousser et se moucher fort, sans complaisance pour lui-même. C'est un bruit comique et en colère comme lorsque la sœur tourière pour être libre plus tôt fait le ménage vite et sans ordre dans la cuisine.

Ensuite, elle a tout à recommencer.

L'automne est la délicieuse saison des couvents.

Le bois qu'on vient déjà d'apporter à la cave pour l'hiver répand une odeur de résine. On rit sans raison. Le ciel est bleu, il fait frais et chaud.

Il y a des moments où tant d'allégresse repose partout, sur toutes les choses, que je m'arrête et que je les écoute.

Les armoires dans le couvent disent : « Je suis pleine de linge et de thym, et je suis là aussi pour qu'on empile du silence et du bonheur... »

Le puits du jardin dit : « Je suis là, rond et creusé, pour accueillir du bonheur. »

Les petites portes qui grincent et qui sont toutes vernies, et l'escalier blanc, et les fenêtres couleur de rosée, et la clématite pensent : « Nous sommes là pour que la paix circule, aille et vienne, monte et descende. »

Et il semble que le moindre clou de la maison reluise de soleil et dise : « C'est pour accrocher du bonheur, du bonheur... »

20 octobre.

La mère abbesse m'a interrogée :

– Ma fille, ne pourriez-vous point à présent, avec un cœur pur, vous approcher de la sainte table ? Je ne vous en parlais pas, je voulais laisser à votre conscience et à votre imagination le temps de se reposer, mais maintenant vous semblez bien...

J'ai dit :

– Oui, ma mère.

Que pouvais-je dire d'autre ?

Voilà où nous mènent nos fautes... Ô mon Dieu, je m'accuse de tout devant vous, si je ne dis point à notre aumônier mes péchés, c'est qu'il y aurait à les dire beaucoup d'impudeur, mais je m'accuse devant vous humblement, comme le font les religieuses protestantes qui sont aussi chrétiennes, qui sont aussi vos filles.

Mon Dieu, pécher c'est avoir le sentiment du péché. Mais moi, est-ce que je pèche ? Je me sens enfantine et faible, et le soir je ferme les yeux entre les bras de mon ami qui me protège.

C'est drôle, on nous parle de la méditation, d'une méthode pour diriger nos pensées, et les moindres souffles de l'air les emportent.

Aujourd'hui, les feuilles d'eucalyptus que M. l'aumônier fait bouillir au fond d'une petite casserole dans la sacristie, pour guérir son rhume, en embaumant le couvent m'emplissent de rêve, me font imaginer le vent froissé des collines de Provence dont parle la sœur Marthe, ou les pelouses orientales qui ont des fontaines aromatiques...

22 octobre.

Ce n'est plus, la nuit, au travers des murs et des fenêtres, la molle pénétration des soirs d'été. Il fait froid ; dehors il gèle ; mais de quelle force l'âme s'élance au devant du plaisir.

Mon ami me tient entre ses bras.

Ô plaisir, douleur éclatante et susceptible !

Ma chambre rayonne comme une perle et la lampe est douce et paisible comme un soleil domestique.

Vivre ! Éveiller de la volupté ! Ne bouger ses pieds, ses mains, son regard, n'avoir d'haleine, de voix, de sourires qu'à la manière d'une fleur qui déverse un parfum.

Toute vivante, sur des coussins, être endormie et dorée comme une momie délicieuse, que presse, qu'enroule, que fatigue le désir, le cher désir...

Je pardonne à Julien d'être depuis quelques jours irritable et jaloux ; il hait mon couvent, il me reproche mes loisirs, ma paix, l'église, les prêtres, Dieu même. C'est une singulière colère, mais qui nous enivre d'une merveilleuse vanité. Ah ! savoir que notre cœur profond, que les nuées de nos pensées, notre indolence et les rêves de nos sommeils, ils les veulent conquérir.

Leur impatience alors les rend cruels, indélicats.

Ils croient nous offenser, ils ne peuvent que nous émouvoir, notre orgueil est terrible en nous, mais aux instants de la volupté, nous n'avons que de la volupté...

Hier, Julien, dans un mouvement de colère, a brisé le rosaire que je porte chaque jour à ma ceinture.

– Je hais, disait-il, ces colliers que votre Dieu attache autour de vous...

Il a fallu ensuite chercher et ramasser toutes les petites boules de bois roulées à terre, et j'ai dû patiemment, jusqu'à ce matin, glisser sur un fil ces grains ronds et polis qui sentent la violette et l'encens, et qui m'ont laissé les doigts tout parfumés...

24 octobre.

Julien boude, il a l'air triste, c'est ennuyeux. Je ris parce que je ris, et cela le fâche.

25 octobre.

Il y a des moments où Julien ne sait plus ce qu'il dit. Il ne veut pas que je reste dans mon couvent. Il me parle avec agitation, avec un effort et une invention douloureuse. Il me supplie. Il me dit :

– Venez, ne restez pas ici ; vous ne pouvez pas rester ici ; vous êtes orgueilleuse et ivre, venez ; et puisque ma vie un jour ne vous suffira pas, ce que ma passion vous a appris, ce merveilleux jardin de l'amour mental, d'autres esprits ne le respireront-ils pas sur votre âme ? Et plus tard, quand vous ne serez plus si jeune, quand la grâce et le plaisir ne seront plus cette faiblesse enfantine que vous exagérez, ni ce regard qui fond comme une tiède neige étoilée, ne verrez-vous pas des jeunes hommes, dont vous serez l'idole et la douloureuse science, se traîner vers votre cœur plus robuste, se passionner sur votre visage, se griser d'imaginer tout ce que vous aurez avant eux connu ?... Vous aurez, en effet, connu avant eux beaucoup de choses.

» Des couchers de soleil sont entrés dans vos yeux qui laissent à jamais votre cœur irradiant. Ils se brûleront à ces profondes lumières.

» Quand ils auront visité les plus doux endroits de la terre, bu l'amertume des oranges, de la solitude exaltée et des malagueñas sous les cieux langoureux, ils reviendront, toujours insatisfaits, se pencher sur vos yeux où le regard est attirant et sourd comme une salle basse au fond d'un éclatant palais...

» Vous avez dans votre imagination ce que nulle autre n'a, – des coursiers frémissants, harnachés d'or, toujours prêts à bondir dans la bruyère matinale et le divin soleil.

» À votre insu vous nous tourmenterez parce que vous mentez, c'est ce qui fait votre infini.

» Un soir, nous pourrons croire être rassasiés de vous, car d'autres femmes ont aussi les cheveux fins et chauds et les mains petites, mais nous reviendrons ne serait-ce que pour savoir à quel moment de la vie vous pouvez dire la vérité.

» Nous reviendrons, parce que plus que toutes les autres vous savez à quel degré la volupté est grave et glorieuse, et qu'elle est toute la vie.

» Et tant d'amour même ne vous suffira pas !

» Ah ! que ne pouvez-vous, dans le passé divin, arriver à Sparte au moment où Hélène troublait le cœur de Pâris, et, repoussant de vos deux mains fermées cette jeune femme orgueilleuse, mettre entre elle et son étincelant berger le rire de votre singulière victoire.

» Ô Pâris, la petite Troie n'aurait pas eu, dans sa ceinture de feu, autant d'éclat que la pâleur de mon amie ! C'est pendant un soir chaud, sur l'herbe courte et parfumée, près de la chèvre moqueuse, et quand une buée légère baigne les cytises jaunes, que vous eussiez goûté à son cœur délicieux... »

27 octobre.

On ne pense pas à l'avenir, il arrive. On ne comprend plus rien, et c'est comme si tout l'univers avait été différent de ce qu'il est maintenant.

D'abord on se retient pour ne pas devenir fou, et puis vient la fatigue, on a une tête et une âme qui s'assoupissent, qui acceptent le malheur doucement.

28 octobre.

C'est entre ses baisers et ses larmes que Julien m'a dit l'autre jour ce qu'il m'a dit, qu'il devait s'en aller, qu'il avait sa famille dont il est le seul protecteur. Il faut qu'il travaille. Il m'a parlé d'une Académie, d'un concours, et puis il m'a dit qu'il ne pouvait plus supporter ma vie paisible dans ce couvent, ma vie qui n'est pas toute à lui.

Il a dit que je partirai avec lui.

29 octobre.

Je veux penser, je ne peux pas ; je suis fatiguée et pleine d'ombre ; la douleur c'est une grande lassitude... Je ne sais rien. Je voudrais que quelqu'un d'indifférent vienne et dise : « Voilà, faites ceci, et faites ceci... »

30 octobre.

Non, Julien, je ne partirai pas avec vous. C'est mort, mon bonheur, ma vie ; ce serait mort, votre amour.

Sous le soleil, errante, libre, logée chez vous, une religieuse c'est un fantôme qui disparaît. Une religieuse, mon ami, cela se prend dans une cellule, une nuit de mai, au pied d'un crucifix, sous un rameau de buis, près du bénitier, près du petit paroissien ouvert.

Cela se prend la nuit, dans une cellule blanche, carrelée, paisible, lorsque la cloche immobile rêve, lorsque la paix de la chapelle, par les fentes des portes, monte jusque dans les couloirs...

Une religieuse, on la désire, parce que, chaque fois, elle dit : « On ne peut pas s'habituer, c'est trop mal. »

Mais vous savez comment on n'écoute pas.

Une religieuse qui n'a plus un visage ovale, étroit, pareil à un miroir entouré d'argent, et qui aurait, comme Jeanne, un chapeau de bergère, un petit renard de la forêt autour de son cou ; une religieuse qui se promène dans Pau, dans Tarbes, dans Bayonne, qui va dans vos théâtres, qui dit : « Quand j'étais religieuse », on la méprise, on n'y fait pas attention, cela n'a pas de goût, c'est mort.

Partir ? Partir ?

Comment partirais-je ? Ô train noir qui vous dépêchez tant, que vous étiez beau quand vous passiez sur la colline ! que vous êtes beau pour les cœurs immobiles, pour la haie, pour le petit talus, pour le tournesol qui est dans le jardin du garde-barrière...

Julien ne reviendra pas me voir avant huit jours. J'ai obtenu cela de lui.

Il y a des moments où on veut être seule, où on a un dégoût qui est au-dessous de la mort.

1er novembre.

Je ne veux rien. Je veux du silence et rien. J'aurais envie de dire au bonheur comme au malheur : « Laissez-moi, attendez, ne venez pas encore... »

Novembre.

Je ne pouvais plus toujours mentir. Ce matin, comme la mère abbesse faisant un reproche à la sœur Catherine, ajoutait, en me désignant : « Soyez donc comme votre sœur », j'ai senti que je mourais, et avec une rapide violence, j'ai dit :

– Ma mère, je voudrais vous parler, puis-je venir chez vous tout à l'heure ?

Elle a répondu :

– À dix heures venez.

Il était dix heures, j'ai frappé à la porte de la mère abbesse, je suis entrée, elle s'est levée avec bonté et contentement.

Son regard exprimait : « C'est vous, ma petite fille, ma petite fille bonne et incompréhensible. »

Je me suis penché contre elle et j'ai commencé à pleurer.

Pendant que je pleurais ainsi, près de son épaule, je pensais :

« Je suis jeune et faible, je vous aime, ma mère, je porte en moi le désir, qui est aussi la poésie infinie, ô mon Dieu ! ne suis-je pas la plus intéressante de vos créatures ?... »

Elle ne pouvait pas comprendre ce que j'avais. Elle me pressait contre elle avec tranquillité comme si cette étreinte forte et douce était assurée de sécher toute ma peine.

Et j'ai eu pitié de nous, pitié de ce moment de confiance et de paix, j'ai soupiré :

– Je n'avais rien à vous dire, je voulais seulement vous voir, savez-vous combien je vous aime ?

Et elle a souri ; alors j'ai senti que je n'avais plus de courage pour la tromper encore, j'ai senti confusément que celui qui sait, qui a un secret, un mystère, fût-ce un crime, est toujours plus fort que celui qui ne sait pas, qui est plein de confiance, et qui sourit.

Tromper un être, mentir, c'est avoir sur lui une supériorité, c'est se moquer ; je ne voulais pas avoir sur elle, que j'adore, mon Dieu, cette supériorité sournoise et lâche.

Avec une force désespérée, et je ne sais quels silences, quels mots, quels soupirs, je lui ai raconté, expliqué, avoué, tout dit. Et j'ai vu que lentement, lentement, avec une difficulté, un effort, une peine épouvantables, elle arrivait, elle arrivait à savoir.

Ma mère, vous le savez.

Il y a une heure vous ne le saviez pas, vous ne saviez rien. Maintenant votre visage est décomposé.

Elle a marché dans la chambre, je me suis levée ; je devais être très pâle ; elle a dit durement :

– Ne restez pas debout.

Elle a poussé près de moi une chaise. Elle aussi s'est assise, elle a réfléchi.

Ma mère, j'ai vu le mal que je vous faisais, je vous ai pris un peu de votre vie.

Elle a fait mine de vouloir parler et puis elle s'est tue, avec un air trop découragé. Elle et moi n'avions plus de force. J'ai dit je ne sais plus quoi, et finalement j'ai affirmé :

– C'est fini, je ne le verrai plus qu'une fois, pour lui dire adieu, si vous le permettez, dans le parloir, près de vous...

Mais, alors, elle a dit : « Non », nettement, et chaque fois que je suppliais, que je répétais la même phrase, elle disait non, et c'était une conversation qui titubait, qui se heurtait, qui jetait des larmes. Elle s'est mise ensuite à parler violemment ; elle avait dans les yeux de la colère et du mépris, et moi aussi de la colère et du mépris, et elle m'a dit des choses vives, aiguës, blessantes, et je trouvais que son visage devenait laid, et je la haïssais, et nous nous sommes quittées brusquement, comme on s'arrache, par dégoût...

Mais je pense à elle ce soir ; elle est là-bas dans sa chambre : elle est dans le silence et la solitude, nul ne la touche, nul ne la porte sur soi.

Elle est sous sa lampe. Si son travail ordinaire la rebute, si elle s'effraye d'être si découragée, personne ne le sait. Peut-être elle a mal à la tête. Si elle pleure, si elle a la main contre son front, et qu'elle dise tout bas : « Je n'en peux plus... », personne ne la voit. Elle est sous sa lampe, sa robe rôde sur le parquet ciré ; elle est là comme si elle était oubliée du monde entier. Elle doit avoir le visage un peu rouge, à cause de cette discussion qui l'a agitée. Quand elle est agitée, sa figure a quelque chose de confus et de faible. Peut-être qu'elle pense à elle, une fois. Elle se dit : « Qu'est-ce que j'ai eu de bonheur ?... » L'expression de son regard devient douce, amère, étonnée, et telle que le regard qu'elle a dû avoir quand elle était petite fille. Elle est toute seule dans sa chambre ; si elle marche, elle entend le parquet craquer et son cœur qui bat, et puis rien. Elle est peut-être désespérée. Si un ami qu'elle a aimé entrait maintenant et disait : « Je vous adore », peut-être elle s'appuierait contre lui en mourant de larmes.

Ô ma mère ! ma mère !...

Minuit.

Je commençais à m'endormir, la supérieure est entrée, s'est assise auprès de mon lit, elle me regardait ; hélas ! comme elle est bonne ! Je me suis éveillée.

Alors d'une voix lente, rompue et toute courbée elle m'a dit :

– Je m'épuise à penser à vous ; que faire ? il n'y a rien à faire... moi, dès votre âge, j'ai eu de la force, mais je suis rude. Quand vous me voyez aller dans la maison, agir, commander, faire le maître, le tapissier et le maçon, je ne suis plus malheureuse, je suis dure. Les êtres que j'ai beaucoup chéris je les ai tant mêlés à moi-même que j'ai été dure pour eux comme pour moi ; aujourd'hui, ce que je puis contenir d'émotion terrible ne fait de bien et de mal qu'à moi. Je marche maintenant vers la tombe, je m'étonne qu'une flèche nouvelle puisse percer un cœur qui est tout entier brisé...

J'étais si touchée que je ne pouvais pas répondre ; je tenais embrassées les mains de la supérieure et je songeais qu'en effet elle était auguste et dissimulée comme les saintes poupées espagnoles qui ont une couronne de pierreries, des robes de soie, un mouchoir en dentelle, un air d'apparat, et les bouches les plus désolées.

Je ne pouvais rien lui répondre, je sentais mes lèvres scellées par un fermoir d'or et d'amour.

Elle a continué de parler :

– Dois-je, disait-elle, vous retenir ici ou vous éloigner ? Le Dieu que je sers ne donne de joie véritable qu'à moi qui suis déjà morte, et à notre sœur Catherine. Vous ne pourriez que languir près de nous ; je ne veux pas que vous mouriez. Allez-vous-en. Si vous restez, je ne vous épargnerai ni ma vigilance, ni ma méfiance, ni ma sévérité. Allez-vous-en...

Je la voyais. Elle se faisait du mal à elle-même.

Sa bouche semblait goûter la ciguë.

Elle, que j'ai connue si forte, elle était comme un roi qui pense : « Je ne peux plus... Qu'est-ce que cela fait qu'on me prenne tout mon royaume ?... »

J'étais étranglée d'émotion. Son visage, ses mains, un cercle d'argent dur qu'elle a autour du poignet gauche et la place de son cœur que je voyais rouge et consumé, m'enivraient comme le plus auguste encens.

La tristesse et l'amour où sont-ils plus abondants que sur vos genoux ? et cet air de passion qu'on respire autour des objets précieux que la poussière écrase, autour des profonds tapis de l'Asie amoureuse, et d'un peigne parfumé du Japon, où est-il plus fort que sur votre épaule recouverte du lourd manteau ?

Ma mère, vous rêvez tout le temps. Vous êtes active, mais votre esprit ne fait pas attention ; il ne fait attention qu'au rêve et au voluptueux plaisir.

J'ai vu vos yeux lorsque vous écoutez la musique et que vous regardez la lumière. C'est votre regard, désespéré mais toujours enchanté, qui est la baie délicieuse des ports de Chine, où entrent, par un jour de soleil, toutes les jonques dorées.

J'ai pris votre main et je vous ai dit :

– Je reste...

8 novembre.

Ma vie se purifie et s'apaise. Voici mon dernier secret. Julien viendra demain soir. La mère abbesse ne le sait pas.

Julien, ne vous fâchez pas si je vous parle avec une voix faible et basse comme en ont les enfants qui ont dans la journée beaucoup crié.

Je n'ai plus de force.

Vous me demanderez encore de vous suivre ; je dirai oui, mais je ne le pourrais pas. Mes pieds ne me porteraient pas hors d'ici.

C'était un matin en mai : tout était si beau que les arbres chantaient. Mon couvent était frais, doux, parfumé comme l'intérieur d'un melon blanc.

Vous êtes venu. Il y avait dans la chapelle un tableau calme qui est là, qui ne regarde rien, la Vierge avec un petit enfant endormi.

C'est pour cela que vous êtes venu.

J'étais près de vous avec mes sœurs, je priais, vous m'avez vue.

Et maintenant je suis comme je suis au fond de l'abîme du monde...

Il faut que je vous explique ; comprenez-moi.

Avant de vous connaître je me réveillais le matin lentement, et c'était si délicieux autour de moi que j'écoutais d'où venait cette joie, et il me semblait qu'une voix légère répondait : « Ce n'est rien, c'est la jeunesse et la solitude... »

Alors, je croisais les mains, et je regardais l'air et la vie, et c'était divin.

Et puis je me levais, j'errais dans le couvent, sous les voûtes des corridors où l'air est pur et un peu froid comme dans les gorges des montagnes ; je m'amusais de voir le parquet qu'on cire, qui luit et qui sent l'abeille.

À midi, un fleuve de soleil entrait par la fenêtre, au réfectoire ; je m'arrêtais de déjeuner pour le regarder.

J'aimais le silence. Je connais bien le bruit du silence, un bruit fin qui semble se dérouler à l'envers. J'aimais la chapelle, son odeur de plâtre et de bénitier, sa blancheur et sa paix qui la rendent pareille à un verger de lis.

Et puis je me promenais au jardin, dans les petites allées que le buis entoure. Je ne pensais à rien. Je m'étonnais à chaque minute que la vie fût ce qu'elle fût, dorée comme la paille neuve, comme les papillons, le soleil et les jonquilles.

Le soir, quelquefois, lorsque la lune luisait dans le ciel foncé, entre les deux cyprès du jardin, je sentais une petite peur de la mort me fendre le cœur, je rentrais pour être à l'abri. Je m'endormais avec un contentement qui emplissait mes mains...

9 novembre.

Hélas ! comment resterai-je ?

Après deux journées pieuses et paisibles, un singulier délire me gagne. Je ne vois plus rien autour de moi, et dans ces ténèbres une lumière unique m'aveugle, plus coupante qu'une épée d'or.

Je m'enferme avec vous et je meurs, rayon incomparable, qui êtes le souvenir et le désir, – qui êtes la connaissance, – la connaissance du bien et du mal et leur goût confondu.

Comment resterai-je ?

Désir, ô poésie aimable et sauvage, plus âcre que le buisson et le renard, et pourtant affinée comme l'extrême parfum de la gomme d'Arabie !

Je revis tout le passé voluptueux : naissant vertige, heures délicates et audacieuses, minutes où une plus vive étreinte dévoile enfin le dernier secret physique, qui est l'âme ! Emploi de l'âme et du regard ; âme découverte qui s'effraye, tremble et recule, et peu à peu s'enhardit, triomphe, et chante : « Je suis brûlante, voyez-moi... »

Âme, place de l'être où afflue le sang le plus sensible, c'est vous que l'Amour baise et déchire, fleur mystérieuse à qui la blessure et la douceur sont également plaisantes, – car ce qui vous déplaît est encore votre plaisir.

Hélas ! comment resterai-je ?

La tige du rosier, au printemps, était légère, mais, en été, le poids de toutes ses fleurs la courbe et l'entraîne.

Ma vie est lourde et n'est plus effarouchée. Si un jeune homme, et encore un jeune homme, entraient ici, je les regarderais avec confiance, et je leur dirais : « Vous n'êtes pas pour moi des étrangers, vous qui êtes comme l'autre... »

Comment rester ici ?

Quels soins occuperaient mes journées ? Que distinguerais-je dans ces ténèbres ? Toucherai-je avec mes mains, avec mon cœur, les objets de la vie humble et quotidienne, – dirai-je, pour des choses ordinaires : « Ceci est agréable, ceci est bon », moi qui ai connu l'énergie indéfinie, et cet inimitable épuisement, où, quand l'âme semble déjà morte, l'amour lui verse encore des raisons de mourir...

10 novembre.

Malgré ma fatigue et ma détresse, et même si je ne dois pas survivre à tant de peine, je veux retracer toute la douleur de cette nuit.

Mais que ne puis-je d'abord m'anéantir.

Ô mort bien paisible, divin enfoncement dans la terre brune, terre granuleuse et sèche comme la robe de sainte Thérèse et de sainte Claire, c'est vous seul que je souhaite et non point les paradis où éclatent des cérémonies somptueuses et bruyantes ; c'est vous le repos des âmes amoureuses, des corps féminins, orgueilleux et sensuels, qui devant l'inévitable baiser ont chancelé de tout leur être, ont donné au monde le parfum émouvant et fort de la dignité exténuée...

J'essaye de me rappeler tous les moments de cette nuit.

Vers onze heures Julien qui a toujours la clef d'une des portes du couvent est venu à pas étouffés. Je l'attendais. La chambre était, comme d'habitude, fraîche et calme, un peu sombre ; une bougie brûlait. Je me suis levée de la chaise où j'étais assise mais Julien m'a ramenée vers cette chaise et s'étant mis à genoux près de moi il s'est appuyé sur moi.

Je le regardais. Il était pâle et froid et il avait cette faiblesse, émouvante, qui semble être son autre courage.

Et moi je pensais : « Je tiens dans mes bras ma passion et mon sacrifice. » Nous sommes restés longtemps ainsi et je sentais que je n'aurais jamais la force, jamais la force de lui dire : « Nous nous voyons pour la dernière fois. »

J'étais accablée, j'espérais mourir, et en même temps je me sentais inerte et dure.

Julien parlait sur mon épaule, j'entendais à peine ses paroles, je les sentais molles et chaudes, qui se consumaient.

Et puis il a dit, sans me regarder, pour ne pas savoir ce que répondrait mon visage :

– Venez, n'est-ce pas ? vous venez...

D'abord je n'ai pas répondu.

J'étais désintéressée de moi, de ma douleur et de ma vie ; j'étais un spectateur qui pense : « Voilà, voilà... »

Et puis j'ai dit : « Oubliez-moi. » Mais j'ai eu aussitôt un désespoir profond d'avoir dit quelque chose d'aussi lâche et d'aussi vain, car il m'a regardée avec une angoisse épouvantable et il a demandé plusieurs fois :

– Vous ne m'aimez pas ?...

Mes yeux se sont fixés sur lui avec tant de détresse qu'il aurait dû, par pitié, dire : « Je vois que vous souffrez trop, je vais vous tuer et mourir avec vous. »

Mais il a repris :

– Vous ne m'aimez pas ; voyez comme vous avez agi, vous avez pris de ma vie ce qu'il fallait à votre plaisir. Vous avez laissé grandir en moi cette passion ; vous êtes-vous inquiétée, tandis que vous me reteniez au pied de ce monastère, de votre conscience et du couvent que vous déshonoriez ? Vous espériez que la vie continuerait ainsi, pour votre paix et votre agrément. Avez-vous jamais pensé que j'avais une famille, des devoirs, un avenir, et qu'un homme ne reste pas, pendant des années, sous les voûtes d'un cloître, à désirer mortellement une jeune femme folle, qui s'amuse davantage avec ses prières, ses dieux, ses contes de fées... »

De telles paroles me faisaient tant de peine que je disais doucement à Julien :

– Allez-vous-en...

Mais il n'écoutait et n'entendait pas ma voix, et il reprit :

– Ah ! si vous étiez ce que j'avais pu croire d'abord, ce que j'espérais, une religieuse candide et simple, avec qui c'eût été attendrissant de parler quelquefois le soir, et qui aurait toujours eu peur, qui n'aurait jamais rien accordé, je pourrais, aujourd'hui, vous dire adieu tranquillement. Mais vous...

Je l'interrompis et je suppliais avec terreur :

– Allez-vous-en...

Il a continué d'une voix basse et brûlante :

– Je ne m'en irai pas, vos cris ne me font pas peur ; c'est vous qui avez peur, ma sœur, parce que vous savez bien que si je le voulais, que chaque fois que je le voudrais, vous détourneriez votre visage de Dieu, et de votre sécurité, et de votre paix, et que vous attacheriez sur moi des yeux qui s'accrochent au danger, au plaisir, à l'infini...

Et je lui ai répondu :

– Mais vous ne voyez donc pas qu'il y a dix mois vous êtes entré ici comme un lâche, comme un voleur...

Alors il s'est approché de moi avec un visage tout bouleversé, il s'est collé contre mes cheveux et il m'a dit :

– Je partirai, et c'est vous qui m'appellerez ; je pars, je vous laisserai le nom de la ville où je vais vivre, et je recevrai de vous des lettres plus déchirantes que celles qu'écrivit il y a cent années une religieuse portugaise... Je pars et je te laisse, ma bien-aimée, tous les accents, tous les regards, toutes les brûlures que je t'ai apprises. Tu auras si chaud à la tête, quelque soir en pensant à moi, que tu t'appuieras, pour ne point défaillir, contre les murs de cette chambre, contre tes carreaux glacés. L'innocence, la véritable pureté, elle est sourde, elle est aveugle, mais toi, tu es pleine de rayons et de sonorités. Tu ne sauras que faire de ton âme pendant les nuits de juillet. Ton âme, et ton goût des étoiles, et ta langueur devant l'odeur des lilas, tu t'en guérissais par tes baisers et tes larmes, par ton désespoir et ton péché...

Il s'arrêta, puis il reprit avec colère :

– Vous n'avez jamais ressemblé à une religieuse ; la première fois que je vous ai vue vous étiez pareille à ces Turques voilées qui sont assises dans le cimetière de Scutari... Essayez maintenant de goûter la pénitence et le sacrifice. Vivante et mourante vous appartenez au bonheur, vous lui appartenez comme une malheureuse, comme une esclave enchaînée...

Je haletais de lassitude, d'accablement et d'un chagrin infini tandis que Julien parlait.

Je tenais doucement sa main, la main de mon unique ami.

– Ô Julien, laissez-moi vous dire, pendant que vous parliez ainsi je ne vous en ai pas un instant voulu ; la grande injustice des hommes envers les femmes, je ne vous la reproche pas, elle est une part profonde de la volupté.

Julien continuait :

– Je vous aime, ma bien-aimée, et nul ne vous aime que moi, qui ai respiré votre peur, qui ai bu l'acidité de vos larmes et de vos tempes mouillées. Mes bras autour de vous sont graves et bien serrés comme le sera un jour votre triste cercueil. Je vous tourmente et je vous hais, mais je vous désire, et le désir c'est l'abîme, la servitude infinie...

Il me semblait que j'entendais moins les paroles de Julien que je ne les voyais, comme des lueurs, trembler devant mes yeux. Un froid lourd engourdissait mes pieds et mes bras ; je sentais que j'allais m'évanouir. Je tenais la main de Julien ; sa main dont la chaleur me semblait encore la sécurité, le repos, le bienfait, la seule place aimable du monde. J'étais contente et peu à peu si faible que j'ai dit :

– Je vais m'évanouir...

Alors Julien m'a demandé brusquement comme pour profiter de ma dernière raison :

– Voulez-vous venir ? Aujourd'hui, demain, quand vous voudrez ? Mais jurez-moi que vous allez venir ?

Et j'ai pleuré parce que cela me semblait impossible, parce que ma tête, ma pensée ne peuvent pas concevoir cet acte, parce que je ne peux pas, parce que c'est plus facile de mourir...

Brusquement Julien s'est levé, il a dit :

– Je vous quitte, adieu. Pendant deux semaines encore, dans cette ville, je vous attendrai, j'attendrai vos lettres. Et puis je partirai pour Paris où vous viendrez me rejoindre dans la maison que j'habite rue de Condé. Il faut que vous ayez choisi, que vous soyez libre et toute à moi. Adieu, adieu...

Il est parti, j'ai dû m'évanouir.

Ce matin, je me sens encore très mal. Comment ai-je pu écrire tout ceci ?

Je crois que ma tête glisse, que je me rendors...

6 décembre.

J'ai été très malade, j'ai eu le délire, paraît-il, pendant trois semaines. Je suis mieux, mais je suis sans force et toute morte. Cela n'est pas pénible. Je suis là, couchée ; il y a près de moi une assiette avec des oranges et du raisin. De temps en temps une de mes sœurs vient me voir, et fait de la tapisserie près de ma fenêtre.

Quand la mère abbesse entre, elle a un regard qui essaie de rire. Elle prend mon poignet avec autorité, et l'anxiété de son visage déverse sur moi plus de tendresse qu'elle ne voudrait... mais je n'ai plus de force pour écrire.

Qu'est-ce qui fait ce bruit ?... C'est la sœur Marthe qui nettoie doucement le loquet de ma porte...

10 décembre.

Mon chéri, voilà plus de trois semaines que je suis malade. On ne me donne pas vos lettres, et si je vous écrivais on ne vous ferait pas parvenir les miennes.

Je n'ai plus de force, je voudrais beaucoup mourir. Par moments, je vous vois comme si vous étiez très loin, je n'entends presque plus votre voix, et à d'autres instants votre image emplit et déchire mon cœur resserré. Je ne sais si je redoute ou si je souhaite que vous vous effaciez en moi.

Tout ce qu'on peut souffrir, je l'ai souffert ; j'ai pensé m'éteindre de violence et de colère, et maintenant je souffre d'une douce et terrible sentimentalité ; ce sentiment fait plus mal que les autres ; je pense à vous avec une tendresse qui me tue.

Je suis là, couchée, près de la sœur Marthe qui brode. Je vois par la fenêtre un ciel d'hiver très bleu.

Si je n'avais connu que votre passion et la mienne, je pourrais, aujourd'hui où je suis si malade, oublier, mais j'ai connu, mon chéri, votre bonté.

J'ai connu votre bonté pour moi auprès de laquelle l'affection de la supérieure est pauvre et blessante, la sympathie de mes sœurs misérable.

Vous m'avez tant donné, dans des moments de douceur sans limite, que l'attention moindre de toutes les autres âmes ne peut plus que m'offenser. La pureté, l'amitié infinie, c'est nous qui les avons goûtées, dans les instants où, sans secret, sans défiance, nous fûmes vraiment des âmes mêlées, des regards pareils.

Que les amies parfaites aient entre elles besoin de précautions et d'égards, que les frères et les parents se respectent et craignent de s'offenser, mais nous, quels soins eussions-nous pu prendre d'une âme qui nous était commune ?

Je me souviens que vous sembliez oppressé la nuit où vous m'avez quittée.

Hélas ! je n'ai pas suivi votre douleur. Comment étiez-vous quand vous êtes rentré dans votre chambre, quand vos bras pendaient le long de votre corps, quand vous vous êtes assis avec stupeur, car les hommes, n'est-ce-pas, sont étonnés de souffrir ?...

Mon chéri, cette sentimentalité dont la douceur fait mal, je ne puis l'écarter de moi, elle pèse sur mon cœur et m'étouffe, comme ces beaux chats chauds et fourrés qui s'endorment la nuit sur la poitrine des petits enfants.

Je revois mon enfance et ma vie, et c'est toujours vous. C'est vous, la colline où, quand j'étais petite, je jouais en automne, au milieu des brindilles de bois que le vent casse sur les branches, au milieu des châtaignes piquantes et des trèfles reluisants. C'est vous, le premier arbre de mai, sous lequel je m'asseyais, pour contempler au travers des paquets de feuillage, le ciel d'un bleu très fort.

Je pense à une allée de noisetiers qui enfermait du soleil, à des bégonias d'octobre, pleins de rosée, frais et gelés comme un son de cloche dans l'aube ; à vous...

Je pense aussi, mon chéri, que jamais je ne vous en ai de quoi que ce soit voulu.

Si quelquefois j'ai paru contrariée lorsque vous étiez irritable et sans patience, si j'ai répondu avec colère à vos reproches, ne me croyez pas, mon instinct était de continuer à caresser votre main. Nous ne vous jugeons pas ; la passion qu'on nous donne et celle que nous rendons, nous l'acceptons comme une grande fatalité où tout est mystérieux et nécessaire.

Vous savez bien, je n'étais pas révoltée. J'ai tout de suite compris que la femme et l'homme ne sont pas pareils devant l'amour.

Je me souviens de votre douce et tendre ironie lorsque vous observiez sur mon visage, à quel moment, chez une religieuse, le trouble l'emporte sur le scrupule.

Je ne vous en voulais pas. Nous ne pourrions reprocher à l'amour ni ses injustices, ni ses violences, mais seulement ce qui serait moins d'amour.

Vous m'avez aimée et détestée, blâmée et louée, emplie de votre âme ; vous m'avez tout donné.

C'est à cela que je pensais souvent, quand – vous vous le rappelez – couchée sur le côté gauche, les deux mains jointes sous ma joue, sans parler, je vous regardais, avec une douceur de cœur que vous ne saurez jamais...

En ce moment, sur les doigts et l'ouvrage de la sœur Marthe il vient un rais de soleil.

Je regarde.

J'ai peur de ce qu'on peut souffrir quand il refera beau temps.

Représentez-vous, mon chéri, ce que c'est, l'été ! – cet azur ! – L'été, quand dès le matin toutes les vitres paisibles de la maison sont exaltées de lumière, quand tout l'espace a une fièvre lente, des pulsations langoureuses, et que la gerbe tournoyante du soleil se dénoue et semble dire : « Que craignez-vous ? respirez fortement, j'emplirai votre bouche de bonheur... »

La sœur Marthe me demande ce que j'écris. Je réponds : « Ce n'est rien, c'est dans mon cahier. »

Voyez comme on me surveille.

Et comme je suis faible et fatiguée je redoute un peu tout le monde, j'ai peur.

Je n'avais jamais eu peur avec vous...

20 décembre.

Presque tous les matins, la supérieure entre chez moi en tenant à la main une enveloppe et me dit :

– Voici une lettre ; je vous demande, ma petite fille bien-aimée, je vous demande de ne pas l'ouvrir. Laissez-la-moi, je la détruirai.

Je suis faible, je suis dans mon lit, et ce regard de la supérieure me domine entièrement, exalte en moi le sacrifice. Je réponds, tandis que mon âme tourne et meurt en moi :

– Ma mère, faites ce que vous voulez...

Et je mets autour de son poignet mes deux mains glacées. Je penche la tête, je pleure, elle embrasse mes cheveux...

4 janvier.

La vie change, il y a des malheurs plus grands que les miens.

Je revois la supérieure comme elle était, ce soir, assise près de mon lit. Le silence et une contraction terrible défiguraient son visage, je ne l'interroge pas volontiers, mais j'ai dit pourtant :

- Qu'avez-vous ?

Elle a répondu :

- C'est une nouvelle qui m'est arrivée tout à l'heure, le décès d'un ami que je n'avais pas vu depuis dix ans.

Et puis elle a ajouté, avec une voix lente où elle semblait savourer toute sa douleur :

- L'homme que j'ai aimé est mort...

Ma mère, il est mort, l'homme que vous avez aimé est mort.

Le cerveau ne comprend pas encore, ne peut pas enregistrer cela, ce n'est pas encore vrai pour vous, il faut du temps pour comprendre le malheur, cela n'est pas clair tout de suite, mais lui est mort.

Il est mort depuis deux heures, et ensuite ce sera depuis douze heures, et depuis vingt-quatre heures, et depuis des jours ; il est pour toujours mort, il sera plus mort encore demain qu'aujourd'hui, et plus encore dans un an.

L'être que nous aimons est mort. Ce sont des mots simples et ordinaires, mais qui font dans les oreilles un bruit qui ne s'arrêtera plus...

L'homme que j'aime vit, il respire, il est dans un endroit de la terre, il parle, il rit, il se fâche, il a des pensées, des habitudes, des désirs, des projets, de l'imagination. Il mange, il se lève, il se couche, il dort. Il goûte l'eau, l'air, les parfums. Il vit. Quand il y a du soleil, il est plus gai, et quelquefois il s'ennuie, il est contrarié, il s'irrite, il a de la colère.

Il pense encore à moi et puis il ne pensera plus à moi, il pensera à d'autres femmes, il les aimera...

Vivez, mon bien-aimé, que la vie vous entoure, vous baigne, vous caresse, qu'elle brille dans votre âme et sur vos cheveux, qu'elle soit autour de vos mains, sous vos pieds et par-dessus votre tête...

Je pense aux oreilles qui n'entendent plus, à qui on crie leur nom, leur nom, et qui n'entendent plus. Obstination terrible des morts, et ce silence...

16 février.

La supérieure et moi nous parlons peu. Que pourrions-nous dire. Mais nos cœurs se concertent tout le temps. Mon sommeil même fait attention à elle.

Il me semble que l'air près d'elle est douloureux et délicat. Quand on parle, quand on bouge, j'ai peur qu'on lui fasse mal. Hélas ! ma mère, où êtes-vous ? L'ombre, l'ombre vous environne. Tout l'inconnu s'appuie contre vous et vous penche. Quelquefois vous souriez avec une affreuse béatitude. Et vous n'êtes jamais plus parmi nous, ô morte mariée au mort !

26 février.

Rien, le temps est calme et passe.

28 février.

Pourtant, mon Dieu, on ne peut pas supporter l'idée qu'il est malheureux...

Hélas ! est-ce qu'il m'aime encore ? est-ce qu'il se tourmente pour moi ? est-ce que ses mains sont froides ? Mais il y a des femmes. Peut-être qu'une femme est près de lui. Ah ! qu'elle reste près de lui ! Toutes les femmes doivent être les mêmes, pauvres et douces auprès des hommes. Qu'elle tienne sa main, qu'elle la caresse ; qu'elle le rapproche doucement d'elle, et qu'ils soient deux êtres qui ont chaud ensemble, qui rêvent, qui frissonnent, qui sont volontaires et acharnés, qui oublient, mon chéri, qui oublient toute la peine de l'univers...

16 mars.

Je suis entrée dans ma chambre, je me suis arrêtée surprise ; je sentais une présence dans la chambre claire ; et c'était le crépuscule de mars qui était là, qui s'était installé, qui semblait assis sur la chaise, si doux.

1er mai.

Sainte Vierge Marie, je vous offre le mois de mai, le mois de mai où chantent les colombes, où les douces nuits brûlent comme des veilleuses blanches, où le cœur de toutes les jeunes femmes se brise, quand, au bord des fenêtres d'été, l'odeur du jasmin est plus forte que tout leur courage...